홍길동전
아버지라 부르지 못하고 형이라 부르지 못하니

3

홍길동전
아버지라 부르지 못하고 형이라 부르지 못하니

전국국어교사모임 기획 · 권순긍 글 · 김선배 그림

Humanist

'국어시간에 고전읽기' 시리즈를 펴내며

고전을 읽어야 한다는 가르침은 어릴 때부터 귀가 따가울 만큼 들었다. 그러나 몸소 이를 따르는 사람은 흔치 않다. 종종 고전을 가까이하는 사람들이 있는데 이들은 대체로 삶을 헛되이 보내지 않고 훌륭한 일을 이루어 세상에 뚜렷한 이름을 남겼다. 고전 안에 그만큼 값진 속살이 들어 있기 때문이다.

고전이 이처럼 깊은 가치를 지녔는데 어째서 고전을 읽는 사람은 흔치 않을까? 아마도 고전이 사람을 쉽게 끌어당겨 주지 않기 때문일 것이다. 고전은 우리에게 섣불리 손짓을 하지도, 눈웃음을 치지도 않는다. 고전은 끈기를 가지고 파고들어 오는 사람에게만 마지못한 듯이 웃음을 지으며 속내를 털어놓는다. 고전은 요즘보다 훨씬 무뚝뚝하던 옛날에 이루어진 삶이며 글이기 때문이다.

그래서 우리는 청소년들이 고전을 즐겨 읽을 수 있도록 마음을 다했다. 뻣뻣하고 까칠한 고전을 달래서, 부드럽고 친절하게 청소년을 끌어당기도록 손을 쓰고 공을 들였다. 멋없이 무뚝뚝하던 고전을 정성껏 매만져서 두 팔을 활짝 벌리고 청소년들을 끌어안을 수 있도록 탈바꿈했다.

고전은 이제 온전히 겉모습을 바꾸어 청소년들을 맞이할 것이다. 자칫 속살까지 탈바꿈한 것처럼 보일지 몰라도 책을 읽다 보면 예스러운 고전의 맛과 멋을 한껏 느낄 수 있을 것이다. 우리는 무엇보다도 고전이 고전다운 속내와 뼈대를 온전하게 지니도록 하는 데 힘을 쏟았다.

고전은 시공간을 뛰어넘고, 나라와 겨레를 뛰어넘어 세상 모든 사람에게 큰 울림을 준다. 《시경》, 《탈무드》, 《오디세이아》, 셰익스피어와 괴테의 작품이 세

4

상 모든 이에게 가르침을 주듯이, 우리의 고전도 모든 이에게 값진 가르침을 줄 것이다. 가르침이 서로 다르기는 하지만 높낮이가 있는 것은 아니다. 그러므로 세상 고전을 두루 읽어야 하는 것이나, 우리는 우리네 고전부터 읽는 것이 마땅한 차례다.

　이런 뜻으로 전국국어교사모임에서 '국어시간에 고전읽기' 시리즈를 펴낸 지 십 년이 되었다. 누구나 두루 즐기며 읽을 수 있도록 쉽게 풀어 쓰고 맛깔나고 재미있는 작품으로 재창조하려고 무던히도 애썼다. 다행히도 많은 독자로부터 분에 넘치는 사랑을 받았고, 우리 고전을 가까이하고 즐기는 청소년들이 많이 늘어 고마울 따름이다.

　지난 십 년처럼 묵묵하게 이 시리즈를 이어 갈 생각으로 첫 마음을 되새기며 글과 그림을 더하고 고쳐 좀 더 새로운 얼굴의 우리 고전을 세상에 다시 내놓으려 한다. 이 책을 통해 우리 청소년들이 풍성하고 가치 있는 고전의 바다에 풍덩 빠질 수 있기를 기대해 본다.

2012년 11월
전국국어교사모임

《홍길동전》을 읽기 전에

《홍길동전》은 유명한 우리 고전 소설 작품 중 하나입니다. 그래서인지 관공서나 학교에 가 보면 모든 공문 양식의 성명을 적는 곳에 어김없이 '홍길동'이라는 이름이 등장합니다. 한낱 도둑에 불과한 사람의 이름이 어떻게 우리나라 사람들을 대표하는 가장 보편적인 이름이 됐을까요? 아마도 홍길동이 의적으로 활약하며 얻은 정의로운 이미지 때문일 것입니다.

《홍길동전》에 등장하는 홍길동은 비와 바람을 부르는 도술을 펼치기도 하고, 허수아비로 자신의 분신을 만들어 조선 팔도를 휘젓고 다니기도 합니다. 홍길동처럼 도술을 부려 하고 싶은 일을 마음껏 할 수 있다면 얼마나 좋을까요? 새처럼 하늘을 날고 분신술을 써서 자신을 감추며, 축지법을 써서 먼 거리를 단숨에 가기도 하고 신기한 힘으로 상대를 꼼짝 못하게 할 수도 있고요.

이렇게 본다면 소설에 등장하는 홍길동은 천하무적인 셈입니다. 쇠사슬로 꽁꽁 묶고 함거에 태워 서울로 압송했지만 홍길동은 대궐 앞에서 단 한 번 움직여 그 모든 것을 매미 허물 벗듯이 벗고 몸을 솟구쳐 하늘로 사라집니다.

홍길동은 이런 능력을 가지고 민중의 편에 섭니다. '가난한 사람을 살리는 무리'라는 뜻의 활빈당(活貧黨)을 결성해 각 읍 수령이 불의하게 모은 재물을 탈취하고 백성을 구제했습니다. 이른바 의적 활동을 한 셈입니다.

의적은 결코 패배하거나 죽지 않습니다. 가난한 백성의 소망이 그들에게 담겨 있기 때문입니다. 홍길동도 절대로 패배하거나 죽지 않습니다. 아버지를 볼모로 잡아 자수하라는 협박에 못 이겨 관가에 잡혀 가지만 잡히는 척만 하고 달아나 버립니다. 결국 홍길동은 어려움을 헤쳐 나간 뒤 서자(庶子)라는 이유로 이루지 못했던 병조 판서 벼슬 자리에 오르고, 새로운 이상향 율도국을 건설해 왕이 됩니다.

《홍길동전》은 이렇듯 사회 정의에 대한 생각을 담고 있기에 중·고등학교 국어 교과서에 빠지지 않고 실렸습니다. 홍길동처럼 청소년들도 어려운 난관을 이겨 내고 정의롭게 살길 바라는 의미가 담겨 있을 것입니다.

《홍길동전》은 17세기에 허균(許筠, 1569~1618)에 의해 지어졌지만 한글 소설이 유행하던 18~19세기에 인기가 있어 많은 이본이 생겼습니다. 이 책은 그중 가장 내용이 뛰어나다는 경판(京板) 24장본을 풀어 썼습니다. 18세기 서울에서 출판된 방각본(坊刻本) 《홍길동전》을 뒤에 한남서림(翰南書林)에서 다시 출판한 것으로, 한남서림본이라고도 하지요. 이는 대부분 국어 교과서에 실려 있는 판본과 같아서 여러분에게도 익숙할 것입니다.

홍길동은 어떻게 서자라는 신분 차별을 극복하고 활빈당 대장과 병조 판서를 거쳐 율도국의 왕이 됐을까요? 자, 이제 책장을 넘겨 홍길동이 벌이는 투쟁의 현장과 그가 꿈꾼 새로운 나라로 가 봅시다.

2014년 6월
권순긍

차례

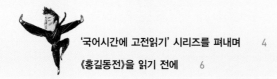

하늘이 만물을 낼 때

사람이라면 누구에게든 오롯이 **귀함**을 두었으나

소인에게는 귀함이 없사오니 어찌 사람이라 하겠습니까

소인이 평생 설워하는 바는

아버지를 아버지라 못하옵고

형을 형이라 못하는 것이옵니다

아버지를 아버지라 부르지 못하니

조선 세종 때 한 재상(宰相)이 있었으니, 성은 홍(洪)이요 이름은 아무 개였다. 그는 대대로 명문인 집안의 자손으로 태어나 어린 나이에 과거에 급제했으며 벼슬이 이조 판서에 이르렀다. 뭇사람이 우러러보았으며 그 이름이 조정과 민간에서 으뜸이었는데, 충성심과 효성까지 갖추어 온 나라를 울릴 정도였다.

홍 판서는 일찍이 두 아들을 두었는데, 하나는 본처 유 씨가 낳은 인형이고, 다른 하나 여종 춘섬이 낳은 길동이었다. 길동을 낳기 전 어느 날이었다. 갑자기 천둥과 벼락이 치더니 청룡이 수염을 세우고 달려들기에 홍 판서가 놀라 깨니 한바탕 꿈이었다. 그는 마음속으로 크게 기뻐하며 생각했다.

'내 이제 용꿈을 꾸었으니 반드시 귀한 자식을 얻으리라.'

그러고는 곧바로 내당으로 들어가니 부인 유 씨가 일어나 맞았다. 홍 판서는 기쁜 마음으로 아내의 고운 손을 잡고 잠자리로 이끌었으나 부인은 얼굴을 바로 하고는 거절하는 것이었다.

"상공께선 늘 체통과 위신을 지키는 분 아닙니까? 갑자기 어리고 경박한 자나 하는 짓을 하려 하시니 첩은 따르지 않겠습니다."

부인은 말을 마치고는 홍 판서의 손을 떨치고 나가 버렸다. 홍 판서는 몹시 겸연쩍고 부끄러워 화를 참지 못하고 사랑방으로 나와 부인의 지혜롭지 못함을 한탄했다.

마침 여종 춘섬이 차를 올리자 홍 판서는 그 고운 태도에 끌려 춘섬을 이끌고 곁방에 들어가 잠자리를 가졌다. 이때 춘섬의 나이는 열여덟이었는데, 한 번 몸을 허락한 뒤에는 문밖에 나가지 않고 다른 사람을 만날 뜻도 전혀 없어 보였다. 홍 판서가 이런 모습을 기특히 여겨 춘섬을 잉첩으로 삼았다.

과연 그달부터 춘섬은 태기가 있어 열 달 만에 옥동자를 낳았는데, 생김새가 비범해 진실로 영웅호걸(英雄豪傑)의 기상을 지니고 있었다. 홍 판서는 매우 기뻤지만 한편으로는 길동이 부인 유 씨의 몸에서 태어나지 못한 것을 아쉬워했다.

길동이 자라 여덟 살이 되자 남달리 총명하여 하나를 들으면 백 가

* **아무개** 원전에 모(某)라고 되어 있는데, 해석하면 아무개이다.
* **이조 판서**(吏曹判書) 이조의 으뜸인 정이품의 문관 벼슬.
* **내당**(內堂) 집의 안주인이 거처하는 방.
* **잉첩**(媵妾) 시녀로 있다가 주인 남자를 모시게 된 첩.

지를 알았다. 아들을 사랑하는 홍 판서의 마음도 더욱 깊어졌지만 길동의 근본이 천한 출생인 것은 어쩔 수가 없었다. 홍 판서는 길동이 호부 호형 하기라도 하면 곧바로 꾸짖어 못하게 했다. 그러다 보니 길동은 열 살이 넘도록 감히 아버지와 형을 제대로 부르지 못했고, 종들에게도 천대를 받아 그 한이 뼈에 사무쳐 마음을 가누지 못했다.

어느 가을 보름 무렵이었다. 달빛이 처량하게 비치고 맑은 바람이 쓸쓸하게 불어와 마음을 울적하게 했다. 서당에서 글을 읽던 길동이 문득 책상을 밀치고 탄식했다.

"대장부가 세상에 나서 공자(孔子)나 맹자(孟子)를 본받지 못한다면 차라리 병법을 익히는 게 낫지 않겠는가. 대장인을 허리춤에 비껴 차고 동서를 정벌해 나라에 큰 공을 세우고 이름을 만대에 빛내는 것이 대장부의 통쾌한 일이리라. 이내 한 몸 어찌 이토록 쓸쓸한가. 아버지와 형님이 계시는데도 아버지를 아버지라 부르지 못하고, 형을 형이라 부르지 못하니 심장이 터질 지경이구나. 어찌 원통하지 않겠는가?"

길동은 말을 마치고는 뜰에 내려와 검술을 공부했다. 마침 홍 판서가 달빛을 구경하러 나왔다가 길동이 밖에서 서성이는 것을 보고는 즉시 불러서 물었다.

"너는 무슨 흥이 일어서 밤이 깊도록 잠도 자지 않고 나와 있느냐?"

길동이 공손하게 대답했다.

"소인이 달빛을 좋아하옵니다. 하늘이 만물을 낼 때 사람이라면 누구에게든 오롯이 귀함을 두었으나, 소인에게는 귀함이 없사오니 어찌 사람이라 하겠습니까?"

홍 판서는 길동이 한 말의 뜻을 짐작했으나 일부러 꾸짖었다.

"네가 대체 무슨 말을 하는 것이냐?"

길동은 홍 판서에게 절을 올리더니 말했다.

"소인은 대감의 정기를 받아 당당한 남자로 태어났으며 낳아서 길러 주신 은혜도 깊이 입었습니다. 하지만 소인이 평생 설워하는 바는, 아버지를 아버지라 못하옵고 형을 형이라 못하는 것이옵니다. 어찌 저를 사람이라 하겠습니까?"

길동의 눈물이 흘러 옷을 적셨다. 홍 판서가 그 말을 다 듣고는 측은한 생각이 들었지만 만일 위로해 주면 길동의 마음이 방자해질까 걱정되어 더 크게 꾸짖었다.

"재상가에서 태어난 천한 출생이 비단 너뿐이 아닌데 어찌 이다지 방자하단 말이냐? 이런 말을 다시 꺼내면 내 눈앞에서 용서치 않겠다!"

길동은 감히 한마디도 더 하지 못하고 다만 땅에 엎드려 눈물을 흘릴 뿐이었다. 홍 판서가 물러가라고 하여 길동은 방으로 돌아왔으나 슬픔을 달랠 길이 없었다.

길동은 본래 재주가 남보다 뛰어나고 성품이 활달했다. 하지만 서글 픈 마음을 가라앉히지 못해 밤에도 잠을 이루지 못했다. 하루는 길동

---

* **호부 호형(呼父呼兄)** 아버지를 아버지라 부르고, 형을 형이라 부르는 것.
* **대장인(大將印)** 대장임을 나타내기 위해 차고 다니던 도장.
* **소인(小人)** 신분이 낮은 사람이 자기보다 신분이 높은 사람 앞에서 자기를 낮추어 이르던 일인칭 대명사. 여기서는 길동의 신분이 낮기 때문에 친아버지에게도 하인처럼 자신을 소인이라 불렀다.
* **방자(放恣)** 어려워하거나 조심스러워 하는 태도가 없이 무례하고 건방진 것을 말한다.

이 어머니의 침소에 가서 울면서 아뢰었다.

"소자가 어머니와 맺은 전생의 인연이 깊어 지금 세상에서 어미와 자식 사이가 됐습니다. 그 은혜가 끝이 없지만, 천한 몸으로 태어난 소자의 기박한 팔자 때문에 품은 한이 깊습니다. 장부가 세상을 살아가면서 남의 천대를 받지 않아야 하는 것이 마땅하지 않겠습니까. 소자 더는 설움을 참지 못해 어머니 슬하를 떠나려 합니다. 엎드려 바라건대 어머니께서는 저를 염려치 마시고 귀한 몸을 잘 지키시옵소서."

길동의 어미가 아들의 이야기를 듣고는 크게 놀라 말했다.

"재상가에서 태어난 천한 출생이 너뿐이 아닌데, 어찌 편협한 마음을 먹어 어미의 간장을 태우느냐?"

그러자 길동이 간절히 대답했다.

"옛날에 장충의 아들 장길산은 천한 태생이지만 열세 살에 어머니와 이별했습니다. 그리고 운봉산에 들어가 도를 닦은 뒤 아름다운 이름을 후세에 전했습니다. 소자도 그를 본받아 세상을 벗어나려 하오니 어머니는 안심하고 뒷날을 기다려 주십시오. 요즘 곡산모(谷山母)의 행색을 보니 상공의 사랑을 잃을까 두려워 저희 모자를 원수같이 여기고 있습니다. 머지않아 큰 화를 입을지 모르니 어머니께서는 소자가 떠나는 것을 염려치 마소서."

이 말을 듣고 길동의 어미 춘섬 또한 슬퍼했다.

장길산(張吉山) 17세기 말 숙종 때의 광대 출신 도적을 말한다. 황해도를 중심으로 활약했으며 황석영에 의해 1970~1980년대에 소설화됐다.

초란의 흉계에 빠져

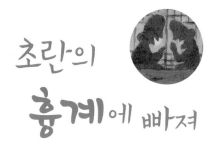

곡산모는 원래 곡산 지방의 기생이었다가 홍 판서의 첩이 됐는데 이름은 초란이었다. 아주 교만하고 방자한 데다 자기 마음에 맞지 않는 것이 있으면 홍 판서에게 고자질하기 일쑤여서 집안에 시끄러운 일이 자주 생겼다.

더구나 자기는 아들을 낳지 못했는데 춘섬은 길동을 낳아 귀여움을 받자, 언짢은 마음이 들어 늘 길동을 없애 버릴 생각만 가득했다.

하루는 초란이 흉계를 꾸미고는 무녀를 불러 말했다.

"내 몸이 편하려면 길동을 없애는 길밖에 없다. 만일 나의 소원을 이뤄 주면 크게 보답하겠다."

그러자 무녀가 듣고 기뻐하며 대답했다.

"동대문 밖에 관상을 잘 보는 여자가 있는데, 사람의 얼굴을 한 번

보면 앞뒤에 벌어질 일을 척척 알아낸다고 합니다. 이 사람을 불러 소원을 자세히 말하고 홍 판서께 소개해서 길동의 앞뒤 일을 알아보게 하십시오. 그때를 틈타 이리이리하면 대감께서 크게 속아 길동을 없애고자 할 것이니, 어찌 묘한 계책이 아니겠습니까?"

이 말을 듣고 초란이 크게 기뻐하며 먼저 은돈 오십 냥을 주어 관상 보는 여자를 부르도록 했다. 그러자 무녀는 하직하고 돌아갔다.

이튿날 홍 판서가 안방에 들어와 유씨 부인과 함께 길동의 비범함을 이야기하며 미천한 신분을 타고난 것을 안타까워하고 있었다. 그때 한 여자가 불쑥 홍 판서 집 마당으로 들어와 인사를 하기에 홍 판서가 이상히 여겨 물었다.

"뉘신데 이 집에 들어왔소. 무슨 일이오?"

"소인은 관상을 보고 다니는데, 마침 대감 댁에 이르렀나이다."

홍 판서가 이 말을 듣더니 길동의 장래를 알아보고 싶어 곧바로 그를 불렀다. 그러고는 관상 보는 여자에게 얼굴을 보이니, 길동의 얼굴을 한참 동안 보고는 놀라 말하는 것이었다.

"아드님의 얼굴을 보니 천고의 영웅이자 일대호걸이 될 인물입니다. 하지만 신분이 미천한 탓에 다른 염려는 하지 않아도 될 것입니다."

이렇게 말하고 나서 관상 보는 여자가 무언가 주저하는 기색이 역력했다. 홍 판서와 부인이 이를 이상하게 여겨 다시 물었다.

"무슨 말인지 바른대로 아뢰지 못할까!"

그러자 관상 보는 여자가 마지못하는 체하며 주위 사람들을 물리치고 말했다.

"아드님의 상을 보니 가슴속에 조화가 끝이 없고, 이마에는 산천 정기가 영롱합니다. 진실로 왕이나 제후가 될 기상이지요. 하지만 아드님이 장성하면 장차 온 집안이 망해 없어지는 화를 당할 것이오니, 대감께서는 마음에 두고 계십시오."

홍 판서가 이야기를 다 듣고 나서 놀랍고도 의심스러워서 한참 동안 말없이 있었다. 그러다가 마음을 진정시키고 관상 보는 여자에게 당부했다.

"팔자 도망은 못한다 했으니, 너는 이런 말을 절대 입 밖으로 내지 마라!"

그러곤 약간의 은돈을 주어 돌려보냈다.

그 후로 홍 판서는 길동을 산속에 있는 정자로 보내 머물게 하고 행동 하나하나를 엄중하게 살폈다. 길동은 이런 취급을 당하자 서러움을 더욱 이기지 못했지만 어쩔 길이 없어 《육도삼략》과 천문 지리를 공부하는 데 전념했다.

• 곡산(谷山) 지금 황해도 동북 지방에 있는 곡산군.
• 무녀(巫女) 여자 무당.
• 관상(觀相) 사람의 얼굴을 보고 그의 운명, 성격, 수명 따위를 판단하는 일.
• 일대호걸(一代豪傑) 당대에 이름을 날리는 호걸.
• 조화(造化) 신통한 일을 꾸미는 재간.
• 산천 정기(山川精氣) 생성하는 자연의 원기.
• 《육도삼략(六韜三略)》 중국의 병서. '육도'는 주(周)나라 태공망이 지은 병서로 여섯 부분으로 구성되어 있고, '삼략'은 한나라 장량이 황석공에게서 받았다고 하는 병서로 상중하 세 부분으로 되어 있다.
• 천문 지리(天文地理) 하늘과 땅의 이치.

홍 판서는 이를 알고 크게 근심하며 한숨을 쉬었다.

"이놈이 본래 재주가 있으니, 만일 분에 넘치는 마음을 품는다면 관상녀의 말과 같이 될 것이다. 장차 이를 어찌하랴?"

한편 초란은 무녀, 관상녀와 내통하여 홍 판서를 속인 뒤로도 계속 일을 꾸몄다. 그는 길동을 없애려고 많은 돈을 들여 자객을 구했는데, 그 이름이 특재였다. 초란은 특재에게 그동안에 있었던 일을 자세히 일러 주고는 홍 판서에게 가서 고했다.

"며칠 전에 관상녀가 귀신같이 앞일을 알려 주지 않았습니까? 장차 길동을 어찌 다스리려 하십니까? 놀랍고도 두려우니 길동을 일찍 없애 버리는 것이 나을 듯하옵니다."

홍 판서가 이 말을 듣고 이마를 찡그리며 물리쳤다.

"이 일은 내가 알아서 할 것이니, 번거롭게 굴지 마라."

하지만 홍 판서는 그 후로 마음이 산란하여 밤이면 잠을 이루지 못했고, 그로 인해 병이 나고 말았다. 유씨 부인과 좌랑 벼슬을 지내고 있던 큰아들 인형이 몹시도 걱정스러워 어쩔 줄을 몰랐다.

하루는 초란이 홍 판서 곁에서 간호를 하다가 유씨 부인에게 아뢰었다.

"대감의 병환이 위중한 것은 모두 길동을 그냥 두고 계신 탓입니다. 저의 천한 소견으로는 길동을 죽여 없애야 합니다. 그러면 대감께서 쾌차하실 뿐 아니라 가문도 보존될 것이옵니다. 부인께서는 어찌 이를 생각지 않으시는지요?"

유씨 부인은 주저하며 말했다.

"아무리 그렇다고 하지만 천륜이 소중한데 차마 어찌 그런 짓을 할 수 있겠는가?"

초란이 다시 다그쳤다.

"듣자 하오니 특재라는 자객이 있는데, 주머니 속 물건 꺼내듯 사람을 죽인답니다. 그에게 거금을 주어 몰래 길동을 해치면, 나중에 대감께서 아시더라도 어쩔 수 없을 것입니다. 부인께서는 다시 생각해 보십시오."

일이 이렇게 된 이상 어쩔 수 없다고 여긴 유씨 부인과 인형은 눈물을 흘리며 초란에게 말했다.

"사람으로선 차마 못할 짓이지만, 너의 계교대로 하려무나. 첫째는 나라를 위해서이고 둘째는 대감을 위해서이며 셋째는 우리 가문을 보존하기 위해서이다."

그러자 초란이 기뻐하며 특재를 다시 불러들였다. 오늘 밤에 급히 길동을 처치하라고 자세히 이르니, 특재는 그렇게 하겠다고 응낙하고 밤이 오기를 기다렸다

---

* **관상녀(觀相女)** 사람의 얼굴을 보고 운명을 판단하는 일을 직업으로 하는 여자.
* **좌랑(佐郎)** 조선 시대 육조의 정육품 벼슬.
* **쾌차(快差)** 병이 다 낫는 것.
* **천륜(天倫)** 부모와 자식 간에 변치 않는 도리.

호부 호형을 금하노라

고려 말 이후 자식을 많이 낳는 풍속이 생기면서 첩을 들이는 경우가 많아졌습니다.
양인 여자를 맞아들이는 양첩(良妾)도 있었지만, 천인 여성을 들이는 천첩(賤妾)이
압도적으로 많았지요. 특히 여종인 비(婢)를 첩으로 들이는 경우가 태반이었는데,
양인 남자와 첩 사이에서 태어난 자식을 천시하는 관념은 여기에서 비롯됐습니다.
양첩의 자식을 서자(庶子), 천첩의 자식을 얼자(孽子)로 구분했는데 '서얼(庶孽)'은
이들을 합쳐서 부르는 말이었지요. 나라에서는 〈서얼금고법(庶孽禁錮法)〉을 두어
이들에 대한 신분 차별을 공고히 했는데, 길동이 호부 호형을 금지당한 것도,
벼슬길에 나가지 못한 것도 이 때문이었지요. 길동을 꽁꽁 묶어 두었던 사회적 제약이
어떻게 변해 왔는지 살펴볼까요?

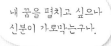

내 꿈을 펼치고 싶으나
신분이 가로막는구나.

고려

종모법(從母法)에
따라 아버지가 양
반이라도 어머니
가 노비 신분이면
그 자식은 노비,
곧 천인이 되어야
했습니다.

조선 태종

조선 태종 14년(1414)에 노비
신분의 여자와 양인 남자 사
이에서 태어난 자식을 아버지
신분을 따라 양인이 되게 하
는 종부법(從父法)이 채택됐습
니다. 이로써 천첩의 자식이
양인이 되는 것이 가능해졌지
요. 하지만 이는 국가의 역(役)
을 담당할 인력을 되도록 많
이 확보하기 위한 목적으로
쓰였을 뿐 실제로는 서얼에 대
한 차별적 관념과 처우가 전
혀 달라지지 않았습니다.

조선 명종

태종 15년(1415)에 서선의 건의로 〈서얼금고법〉이 만들어지면서 명종 대까지 걸쳐 법적으로 완성됐습니다. 이 법으로 서얼의 과거 응시가 제한됐는데, 문과(文科)는 전혀 볼 수 없었으며 무과(武科)나 잡과(雜科)에는 응시할 순 있었지만 실제로 진출하는 데는 한계가 있었습니다. 이 법은 서얼을 청요직(淸要職)에 임명하는 것을 금기했을 뿐 아니라 급기야는 그 자손도 신분의 굴레에서 벗어나지 못하게 했지요. 《경국대전》해설서가 나온 1555년에는 적서 차별과 제한이 더욱 엄격해졌습니다. 서얼의 '자손'을 '자자손손'으로 해석해 서얼의 후손은 영원히 문과를 보지 못하게 못 박았지요. 하지만 이듬해인 명종 11년(1556)에는 숨통이 조금 트였습니다. 서자에 한해 손자 대부터 문과 응시를 허용한 것이지요. 인조 3년(1625)부터는 얼자도 증손자부터 문과를 볼 수 있게 됐습니다.

조선 효종

효종은 북벌을 준비하며 국방비 조달을 위해, 나라에 곡식을 바치는 서얼에 한해 문과 응시 기회를 열어 줬습니다. 물론 서얼 출신은 급제하더라도 요직에 등용되는 경우가 드물었지요.

조선 영조

영조 48년(1772)에는 서얼을 청요직에 등용한다는 '통청윤음'을 내리는 한편, 서얼들의 서열을 따로 두지 못하게 하는 서치법을 적용합니다. 서얼도 일반 양반과 마찬가지로 향족의 명부인 향안에 이름을 올릴 수 있게 하는 등 개혁적인 조치가 이뤄졌습니다.

조선 정조

정조 1년(1777)에는 서얼의 요직 진출까지 허용됩니다. 실제로 형조, 호조, 공조의 5~6품 관리인 낭관(郎官)과 사헌부 사간원 관리로 임명되기 시작했지요. 학식과 재능이 뛰어난 자는 서얼 출신이라도 높은 관직에 오를 수 있게 길을 열어 준 정조 시대에는 서얼 출신의 문과 급제자만 30명이 넘었답니다. 연암 박지원을 중심으로 '북학파'를 형성했던 박제가, 이덕무, 유득공도 서얼 출신으로, 규장각 검서관에 임명됐습니다. 이서구를 더해 '한문 후사대가'로 불린 이들은 서얼 출신으로 뛰어난 학식을 선보였습니다.

조선 고종

고종 31년(1894) 갑오개혁이 단행되면서 서얼의 신분 차별은 제도상 철폐됐습니다.

드디어 신분 차별 철폐!

새 시대가 오려나.

사람을 죽이고 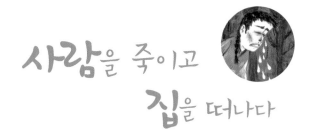 집을 떠나다

한편, 길동은 자신이 당한 원통한 일들을 생각하며 밤마다 잠을 이루지 못했다. 잠시도 집에 머무르고 싶지 않았지만 아버지가 엄하게 꾸짖은 마당에 어쩔 수가 없었다. 그날 밤에도 길동은 촛불을 밝히고 《주역》을 깊이 읽고 있었다. 그런데 갑자기 까마귀가 까옥까옥 하면서 세 번을 울고 가는 것이 아닌가. 길동은 이상한 예감이 들었다.

"까마귀는 밤을 꺼리는 새이거늘, 밤중에 울고 가니 불길하구나."

길동은 팔괘를 잠깐 벌여 점을 쳐 보고는 크게 놀랐다. 그는 당장 서안을 밀치고 둔갑해서 몸을 숨긴 뒤 동정을 살폈다.

아니나 다를까 사경쯤 되자 한 사람이 비수를 들고 조용히 방문을 열고 들어왔다. 길동은 급히 몸을 감추고 주문을 외웠다. 그러자 갑자기 한 줄기

음산한 바람이 일어나면서 집은 간데없이 사라지고 첩첩산중에 아름다운 풍경이 펼쳐지는 것이 아닌가.

특재가 길동의 신기한 조화를 보더니 크게 놀라서 비수를 감추고 피하려고 했다. 그런데 갑자기 길이 끊어지며 층암절벽이 앞을 가로막았다. 특재는 앞으로 나아갈 수도 뒤로 물러설 수도 없는 지경이 되어 길을 찾아 사방으로 방황했다.

그때 어디선가 피리 소리가 들려왔다. 특재가 정신을 차리고 살펴보니, 한 소년이 나귀를 타고 다가와서 피리를 내려놓고는 꾸짖었다.

"너는 무슨 일로 나를 죽이려 하느냐? 죄 없는 사람을 해치고도 천벌을 피할 수 있을 것 같으냐?"

그러고는 소년이 주문을 외니 검은 구름이 홀연히 일어나며 비가 퍼붓고 모래와 돌멩이도 함께 날렸다. 특재가 정신을 차려 살펴보니 소년은 다름 아닌 길동이었다.

'저놈이 비록 신기한 재주를 지녔지만 감히 어찌 나를 대적하리오.'

특재는 속으로 생각하고는 길동에게 달려들며 소리쳤다.

"초란이 무녀와 짜고 관상녀와 함께 꾸민 짓이니 내 손에 죽더라도

* 《주역(周易)》 주(周)나라 초에 지어진 역법에 관한 책으로, 운명을 점치는 데 사용한다.
* 팔괘(八卦) 《주역》에서 말하는 여덟 가지 괘로 길흉화복을 점친다.
* 서안(書案) 선비들이 책을 읽을 때 쓰던 책상.
* 사경(四更) 새벽 한 시부터 세 시까지를 말한다.
* 층암절벽(層巖絕壁) 몹시 험한 바위가 겹겹으로 쌓인 낭떠러지.

원망하지 마라. 홍 판서도 너를 죽이자고 했으니 어찌 나를 원망하랴.”

말을 마친 특재가 칼을 들고 달려들었다. 길동은 분한 마음을 참지 못하고 요술을 부려 특재의 칼을 빼앗아 들고는 큰 소리로 꾸짖었다.

“네놈이 재물을 탐하느라 사람을 마음대로 죽이고 다니는구나. 너 같이 무도한 놈은 내 손으로 죽여서 후환을 없애야겠다!”

길동이 소리치며 칼을 한 번 휘두르니, 특재의 머리가 방 안에 떨어졌다. 길동은 분한 기운을 가라앉히지 못해 관상녀도 바로 잡아 왔다. 그는 특재가 죽은 방에 관상녀를 들이쳐 놓고 꾸짖었다.

“나에게 무슨 원수가 져서 초란과 모의해 나를 죽이려 했느냐?”

말을 마치기가 무섭게 바로 관상녀를 칼로 베니 그의 머리도 떨어져 가련하고 참혹하기 짝이 없었다.

길동은 순식간에 두 사람을 죽이고 하늘을 올려다보았다. 은하수는 서쪽으로 기울고 달빛은 희미해 이내 마음이 서글펐다. 길동은 초란마저 죽이려 했지만 아버지가 사랑하는 여자임을 떠올리곤 칼을 던졌다. 그리고 그 자리를 피해 달아나 목숨을 보전하기로 마음먹었다.

길동은 아버지께 하직 인사를 올리려고 곧바로 홍 판서의 침소에 찾아갔다. 때마침 홍 판서도 인기척을 느끼고는 이상히 여겨 창문을 열던 참이었다. 그런데 바로 거기에 길동이 서 있는 것이 아닌가. 홍 판서가 무슨 일인가 하여 길동을 불러 말했다.

“밤이 깊었거늘 네 어찌 자지 않고 이리 방황하느냐?”

그러자 길동이 땅에 엎드려 대답했다.

“일찍이 부모님께서 낳아 주시고 길러 주신 은혜를 만분의 일이라도

갚으려고 그동안 자중하며 지내 왔습니다. 하지만 집안에 의롭지 못한 사람이 있어 대감 앞에서 소인을 모함하고 심지어 죽이려고까지 했습니다. 소인이 겨우 목숨은 보전했으나 앞으로 대감을 모실 길이 없사옵니다. 이에 오늘 대감께 하직 인사를 올리려 합니다."

길동의 말을 들은 홍 판서는 크게 놀라 물었다.

"무슨 변고가 있기에 어린아이가 집을 버린단 말이며, 대체 어디로 가겠다는 말이냐?"

"날이 밝으면 자연히 알게 되실 것입니다. 소인의 신세는 뜬구름과 같사오니, 대감께서 버린 자식이 어찌 갈 데가 있겠습니까?"

길동은 울먹이며 말을 잇지 못했고 두 눈에선 눈물이 흘러 얼굴을 뒤덮었다. 홍 판서가 불쌍한 마음이 들어 길동을 타이르며 말했다.

"네가 품은 한을 이제 짐작하겠구나. 오늘부터 아버지를 아버지라 부르고, 형을 형이라 부르거라."

그러자 길동은 일어났다 다시 절하며 아뢰었다.

"소자의 한 가닥 깊은 한을 풀어 주시니, 이제는 죽어도 한이 없습니다. 엎드려 바라옵건대, 아버지께서는 만수무강하십시오."

길동은 눈물을 흘리며 다시 아버지께 하직했다. 홍 판서는 차마 길동을 붙들지 못하고 무사하기만을 당부할 뿐이었다. 길동은 어머니 춘섬의 침소에도 찾아가 이별을 고했다.

"소자 지금 어머니 슬하를 떠나려 하옵니다. 하지만 다시 모실 날이 있을 것입니다. 어머니, 그동안 몸을 귀하게 보존하십시오."

춘섬은 아들에게 무슨 변고가 생겼음을 짐작했지만 집을 떠나려는 모습을 보니 슬픔이 북받쳐 길동의 손을 잡고 통곡할 뿐이었다.

"대체 어디로 가려고 그러느냐? 한집에 살아도 서로 멀리 떨어져 있어 늘 보고 싶었는데, 이렇게 정처 없이 떠나고 나면 내가 어찌 너를 잊고 지낼 수 있겠느냐? 하루빨리 돌아오너라."

길동이 어머니께 다시 절을 하고 문을 나서니, 첩첩산중에 구름만 자욱할 뿐이었다. 정처 없는 길동의 발걸음은 가련하기 그지없었다.

한편 초란은 특재에게서 아무런 소식이 없자 이상하게 여겨 사정을 알아보았다. 그랬더니 특재와 관상녀가 죽임을 당해 시신 두 구만 방 안에 남아 있고 길동은 간데없이 사라졌다는 것이었다. 초란은 혼비백산해 급히 유씨 부인에게 알렸다. 부인 또한 크게 놀라서 아들 인형을 불러 이를 알리고 홍 판서에게도 전했다. 이야기를 들은 홍 판서도 얼굴빛이 변해 간신히 말을 이었다.

"길동이 한밤중에 나를 찾아와서 슬피 울며 하직하는 것을 보고 이상하다 싶었는데, 결국 이런 일이 벌어졌구나."

인형이 앞뒤 사정을 따져 보니 아버지께 감히 숨기지 못할 일이었다. 그는 할 수 없이 그동안의 일을 홍 판서에게 고했다. 홍 판서는 크게 분노하며 당장 초란을 내쫓았다. 그러고는 두 시체를 은밀히 없앤 다음, 종들을 불러 이 일을 절대 입 밖에 내지 말라고 당부했다.

◦ **변고**(變故) 갑작스러운 재앙이나 사고.
◦ **소자**(小子) 그동안 서자인 자신을 '소인'이라고 하다가 호부 호형을 허락받자 '소자'로 바꿔 불렀다.
◦ **혼비백산**(魂飛魄散) 혼백이 어지러이 흩어진다는 뜻으로 몹시 놀라 넋을 잃은 상태를 말한다.

활빈당
깃발 아래

부모와 이별하고 집을 나선 길동은 정처 없이 떠돌다가 경치가 뛰어난 곳에 이르렀다. 사람이 사는 곳이 있을까 해서 점점 안으로 들어가다 보니 큰 바위 앞에 이르렀는데, 바위 밑에는 돌로 된 문이 있었다.

길동이 조용히 그 문을 열고 들어가니 너른 광야에 수백 호나 되는 집들이 즐비했다. 마침 여러 사람이 모여 잔치를 즐기고 있었는데 자세히 살펴보니 다름 아닌 도적의 소굴이었다. 도적들이 다가와 길동을 보고는 그 비범함을 알아채고 반겨 물었다.

"어디서 온 뉘시기에 이 험한 곳까지 찾아왔소? 여기 여러 영웅이 모였으나, 아직 우리의 우두머리를 정하지 못했다오. 만일 그대가 뛰어난 힘을 갖추었고 우리와 함께할 마음이 있다면 먼저 저 돌을 들어 보시오!"

길동이 이 말을 듣고는 다행이라 여기고, 예를 갖춰 대답했다.

"나는 경성에 사는 홍 판서의 천첩에게서 난 길동이라 하오. 집에서 천대를 받으며 지내느니 여기저기 정처 없이 다니기로 하고 나섰다가 우연히 이곳에 들어왔소. 여기 계신 모든 호걸께서 동료가 되자고 청하시니 이루 말로 다 할 수 없이 고맙습니다. 대장부가 어찌 저만한 돌을 들지 못하겠습니까."

말을 마친 길동은 돌을 들어 수십 보를 가다가 던졌는데, 그 무게가 천 근이나 되었다. 이를 본 도적들이 모두 놀라 동시에 칭찬하느라 좌중이 시끄러웠다.

"과연 장사로다. 우리 수천 명 가운데 이 돌을 들 수 있는 자가 없었는데, 오늘 하늘이 도와 우리에게 장군을 주셨도다."

도적들은 기뻐하며 길동을 제일 윗자리에 앉히고 술을 차례로 권했다. 그리고 백마를 잡아 그 피로써 맹세하며 굳은 언약을 맺었다. 모든 사람이 함께 응낙한 뒤에는 온종일 즐겨 놀았다.

길동은 그 후로 여러 사람에게 무예를 가르치고 제도를 바로잡아 수개월 만에 군법을 엄정하게 다졌다.

하루는 여러 도적이 길동을 찾아와 물었다.

"우리가 예전부터 합천 해인사(海印寺)를 쳐서 그 재물을 빼앗고자 했으나, 지략이 부족하여 행동에 옮기지 못했습니다. 장군님의 의향은 어떠신지요?"

그러자 길동이 웃으며 대답했다.

"이제부터 군사를 동원할 테니, 그대들은 내 지휘에 따르라. 내가 우선 그 절에 가서 동정을 살펴보고 오겠다."

길동은 푸른 도포에 검은 띠를 맨 뒤 나귀를 타고 부하 몇 명을 데리고 나갔다. 차림새를 갖추니 완연한 재상가 자제였다.

길동은 우선 해인사에 들어가 먼저 주지를 불러 부탁했다.

"나는 경성 홍 판서 댁 자제다. 이 절에 글공부를 하러 왔는데, 내일 백미 이십 석을 보낼 테니 음식을 깨끗이 차려라. 당신들과 함께 먹겠다."

• 백마를~맹세하며 옛날에 중대한 맹세를 할 때, 백마를 잡아 그 피를 입술에 바르는 의식을 치렀다.

그러고는 절 안을 두루 살펴본 뒤 다시 만날 것을 기약하고 절 어귀
를 나섰다. 길동의 제안에 모든 중이 기뻐했다.

산채에 돌아온 길동은 백미 수십 석을 절로 보내고 부하들을 불러
단단히 일렀다.

"내가 아무 날 그 절에 가서 이리이리할 것이다. 그대들은 내 뒤를
쫓아와 이리이리하라."

약속한 그날이 다가오자, 길동은 하인으로 위장한 부하 수십 명을
데리고 해인사에 이르렀다. 여러 중이 반갑게 맞이하는 가운데 길동
이 노승을 불러 물었다.

"음식을 하기에 보내 준 쌀이 부족하지 않던가?"

"어찌 부족하겠습니까? 황송하고 감격스러울 뿐입니다."

길동은 맨 윗자리에 앉아 여러 중을 청하고 각자에게 상을 차려 주었다. 그러고는 먼저 술을 마시고 그들에게 차례로 권하니, 중들 모두 몸 둘 바를 모르고 감사해 했다.

잠시 뒤 길동도 상을 받고 밥을 먹다가, 모래를 슬그머니 입에 넣고 깨물었다. '우직' 하는 소리가 크게 나자 중들이 그 소리를 듣고 놀라 사죄했다. 하지만 길동은 일부러 불같이 화를 내며 꾸짖었다.

"어찌 음식을 이다지 깨끗하지 못하게 만들었느냐? 너희들이 나를 업신여기고 깔보는 것이 분명하다!"

길동은 이렇게 소리를 지르더니 부하들에게 분부해 모든 중을 한 줄로 묶어 앉혔다. 중들은 몸이 묶인 채 겁이 나서 어쩔 줄을 몰랐다. 그런데 별안간 도적 수백 명이 동시에 절 안으로 달려들었다. 그러고는 재물을 다 제 것 가져가듯 했다. 중들은 눈으로 보고도 달리 방도가 없어 소리만 지를 뿐이었다.

마침 외출했던 불목하니가 절로 돌아오다가 이를 보고는 곧바로 관가에 알렸다. 합천 수령은 관군을 뽑아 도적들을 잡게 했다. 장교 수백 명이 도적의 뒤를 쫓아가다 보니 한 중이 송낙을 쓰고 장삼을 입은 채 산에 올라 군사들에게 외치는 것이 들렸다.

◦ **산채**(山寨) 산적들의 소굴.
◦ **불목하니** 절에서 밥을 짓고 물을 긷는 일을 맡아서 하는 사람.
◦ **송낙** 옛날 여승들이 주로 쓰던 소나무 겨우살이로 만든 중의 모자.
◦ **장삼**(長衫) 길이가 길고 품이 넓은 승려의 웃옷.

"도적이 저 북쪽의 작은 길로 도망치니 빨리 가서 잡으시오!"

관군은 해인사의 중이 알려 주는 줄 알고, 풍우같이 북쪽의 작은 길로 향했다. 하지만 도적들의 흔적을 찾지 못하고 날이 저물어 빈손으로 돌아왔다.

다름 아니라 길동이 부하들을 남쪽 큰길로 보낸 뒤 중의 차림을 하고 관군을 속여 다른 길로 유인한 것이었다. 그런 뒤에 길동이 무사히 소굴로 돌아오니, 부하들이 재물을 훔쳐다 놓고 있다가 모두 함께 나와 사례했다.

길동은 대수롭지 않게 웃으며 말했다.

"대장부에게 이만한 재주가 없어서야 어찌 여러 사람의 우두머리가 되겠는가."

그 뒤로 길동은 자기 무리를 '활빈당'이라 부르며 조선 팔도를 다녔다. 각 읍 수령이 의롭지 못하게 모은 재물이 있으면 빼앗고, 매우 가난하고 의지할 데 없는 사람이 있으면 구제했다. 백성의 재물은 조금도 침범하지 않고, 나라의 재산은 추호도 손을 대지 않아 모든 부하가 그의 뜻을 기꺼이 따랐다.

하루는 길동이 부하들을 모아 놓고 의논했다.

"함경 감사가 탐관오리 짓을 하며 기름을 짜듯 착취를 일삼으니 백성이 견딜 수 없는 상태라고 한다. 더 이상 그대로 두고 지켜볼 수 없으니, 너희들은 나의 지휘대로 움직여라."

길동은 부하들에게 계책을 일러 주고 각자 따로 움직여서 아무 날 밤에 아무 곳에서 만나기로 기약했다. 그러고는 그날 밤이 되자 성의 남문 밖에 불을 질렀다. 크게 놀란 함경 감사는 불을 끄라 지시했고, 백성은 모두 나와 불길을 잡느라 정신이 없었다.

바로 그때 길동의 무리 수백 명이 순식간에 성안에 달려들었다. 그들은 창고를 열고 돈과 곡식, 무기를 훔쳐 북문으로 달아났다. 이들이 들이닥친 성안은 물 끓듯이 요란했다.

함경 감사는 뜻밖의 변을 당하고는 어쩔 줄 몰라 하다가 날이 밝은 뒤에야 창고의 무기와 돈, 곡식이 없어진 것을 알았다. 감사는 크게 놀라 도적들의 자취를 찾기 시작했는데, 북문에 붙어 있는 방 하나를 발견했다.

아무 날 돈과 곡식을 훔쳐 간 자는 활빈당 행수 홍길동이다.

함경 감사는 홍길동이 감영을 털었음을 깨닫고 군사를 모아 뒤를 쫓기 시작했다.

* **활빈당(活貧黨)** '가난한 사람을 살리는 무리'라는 뜻.
* **탐관오리(貪官汚吏)** 백성의 재물을 탐내어 빼앗는 행실 나쁜 관리.
* **방(榜)** 어떤 일을 널리 알리기 위해 사람들이 다니는 길거리나 많이 모이는 곳에 써 붙이는 글.
* **행수(行首)** 기관이나 단체 등 한 무리의 우두머리.
* **감영(監營)** 조선 시대에 관찰사가 직무를 보던 관아.

소설로 다시 태어난 3대 의적

홍길동, 임꺽정, 장길산 같은 조선의 대표적인 의적들은 소설 속 주인공으로 알려져 있습니다. 하지만 이들은 모두 실존했던 인물이지요. 그렇다면 놀라운 재주로 부패한 권력을 농락한 영웅들은 현실에서도 눈부신 활약을 펼쳤을까요? 이들의 이야기가 전기가 아닌 소설로 다시 태어난 과정을 함께 추적해 볼까요?

홍길동

홍길동은 역사적으로 실존한 인물입니다. 연산군 때 인륜을 어긴 죄를 짓고는 가출해 도둑이 됐으며, 문경 새재에 근거지를 두었다고 합니다. 《연산군일기》에는 "강도 홍길동이 첨지라 자칭하며 대낮에 떼를 지어 무기를 가지고 관부에 드나들면서 기탄없는 행동을 자행했다."라는 기록이 있지요. 16세기는 봉건제의 모순이 표출되면서 떼도둑이 등장한 '민란의 시대'였습니다. 이들은 "모이면 도적이 되고 흩어지면 백성이 된다."라고 실록에 실릴 정도로 피폐한 백성의 무리였지요. 가혹한 세금과 수탈에 시달리다 농토를 떠나 도망한 유민이자 먹고살 것이 없어서 도적이 된 사람들이었습니다. 그러기에 이들의 행위는 단순한 도적질이 아니라 '농민 저항'의 성격을 띱니다. 실제 홍길동도 의적은 아니었지만 의적의 존재를 절실하게 필요로 한 민중의 소망이 더해져 허균의 손에 의해 의적으로 재탄생했을 것입니다.

> 백성의 재물은 침범하지 않고 나라의 재산은 손대지 않아 모든 부하가 내 뜻을 따랐다.

도적이 되는 것은 도적질이
좋아서가 아니라 배고픔과
추위가 절박해서 부득이 그리된
것이다. 백성을 도적으로 만드는
자가 누구인가.

임꺽정

임꺽정은 조선 명종 때의 실존 인물로
경기도 양주에서 백정 신분으로 태어나
1559년 무렵 황해도와 경기도, 평안도의 관
청이나 양반, 토호의 집을 습격하고 재물을 빼
앗았습니다. 서울과 평양 간 도로와 주요 교통로를 장악해 토
지세, 공물, 진상물 등을 빼앗아 빈민에게 나누어 주어 의
적으로서의 평판을 높였지요. 위기감을 느낀 정부의 탄압
으로 1562년 체포된 그는 15일 만에 죽임을 당했습니다. 애
국지사와 독립운동가로 활약한 벽초(碧初) 홍명희(洪命憙,
1888~1968)는 이를 식민지 시대 최고의 역사 소설 《임꺽정》
으로 재탄생시킵니다. 홍명희는 "임꺽정은 봉건 사회에서 가
장 천대받던 백정 계급이 아니었습니까? 그가 가슴에 넘치는
계급적 분노의 불길을 품고 사회에 반기를 든 것만 해도 얼마나
장한 쾌거였습니까?"라고 작품의 의도를 밝혔지요.

검계와 살주계, 승군 들을
치밀하게 조직해 봉건
정부를 무너뜨릴 것이다.

장길산

장길산은 조선 숙종 때의 실존했던 도적입니다. 《조선왕조실
록》에는 장길산이 황해도에서 활약한 광대이자 도적의 우두
머리였고 반역 사건에 연루되었다고 기록하고 있습니다. 생몰
연도나 다른 행적, 체포 기록이 없는 것으로 보아 장길산은 끝까
지 잡히지 않은 것으로 보입니다. 소설가 황석영(黃晳暎, 1943~)은
1974년 대하소설 《장길산》 연재를 시작하며 장길산의 실패와 비
극적인 최후를 그리려 했습니다. 하지만 1980년대 민주화를 염

원하는 민중의 소망을 보면서 작품의 결말을
낙관적으로 바꾸지요. 그는 장길산을 주도면
밀한 혁명가에 가깝도록 재탄생시킴으로써,
자신의 진보적인 의식은 물론이고 민중의 희망
을 투영했습니다.

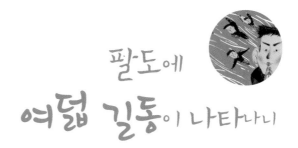

팔도에
여덟 길동이 나타나니

길동은 날이 샐 즈음에 부하들과 함께 둔갑법과 축지법을 써서 소굴로 돌아왔다. 함경 감영의 돈과 곡식을 많이 훔쳤으니, 행여 길에서 잡힐 수도 있다고 염려해서였다.

하루는 길동이 여러 부하를 모아 놓고 의논했다.

"우리가 합천 해인사의 재물을 빼앗고, 함경 감영의 돈과 곡식을 훔쳐 냈다는 소문이 널리 퍼졌다. 게다가 감영 곳곳에 내 이름을 써서 붙이고는 찾고 있으니 오래지 않아 잡힐 듯하다. 이에 대비책을 준비했으니, 너희는 내 재주를 지켜보아라."

말을 마치자마자 길동은 풀로 허수아비 일곱을 만들더니, 주문을 외우고 혼백을 불어넣었다. 그러자 일곱 명의 길동이 새로 생겨나서 한 곳에 모이더니 한꺼번에 뽐내며 크게 소리를 치고 야단스럽게 지껄이는 것이 아닌가. 부하들이 아무리 살펴보아도 누가 진짜 길동인지 알 수가 없었다.

여덟 길동이 조선 팔도에 하나씩 흩어져서 각각 부하 수백 명씩을 거느리고 다니니, 그중 어디에 진짜 길동이 있는지 모를 지경이었다. 길동들은 전국을 다니며 바람과 비를 마음대로 불러오는 술법을 부렸다. 하룻밤 만에 각 읍 창고의 곡식을 종적도 없이 가져가기도 하고, 서울로 올려 보내는 봉물을 하나도 남김없이 빼앗기도 했다.

팔도 각 읍 백성이 낮에는 마음대로 길에 나다니지 못했고, 밤에는 편히 잠을 자지 못했다. 이처럼 전국이 술렁거리고 요란해지자 감사가 임금에게 장계를 올렸다.

홍길동이란 대적이 난데없이 나타나 비와 바람을 일으키는 재주를 부려 대고 있습니다. 그는 각 읍의 재물을 빼앗고 서울로 올려 보내는 물품의 길도 막아 그 폐단이 극심합니다. 이 도적을 잡지 못하면 나라가 장차 어떤 지경에 이를 지 모르겠습니다. 엎드려 바라건대 성상께서는 좌우 포도청에 맡겨 홍길동을 잡으소서.

* **둔갑법**(遁甲法) 마음대로 자기 몸을 감추거나 다른 것으로 변하는 술법.
* **축지법**(縮地法) 도술로 땅을 주름잡아 축소하여 먼 거리를 가깝게 하는 술법.
* **봉물**(封物) 시골에서 서울 벼슬아치에게 선사하던 물건.
* **장계**(狀啓) 지방에 나가 있는 신하가 왕명을 받고 자기 관하의 중요한 일을 보고하던 일이나 문서.
* **대적**(大賊) 큰 도둑.
* **포도청**(捕盜廳) 조선 시대에 범죄자를 잡거나 다스리는 일을 맡아보던 관아. 한성과 경기를 좌우로 나누어 좌포도청과 우포도청을 두었다.

임금이 이 내용을 보고 크게 놀라 포도대장을 급히 부르는 사이, 팔도에서 계속 장계가 올라왔다. 그 장계들을 떼어 보니 적혀 있는 도적의 이름이 모두 홍길동이었다. 더욱 기가 막힌 것은 돈과 곡식을 잃은 날짜가 모두 한날한시라는 것이었다.

임금은 곧바로 어명을 내렸다.

"홍길동은 그 술법이나 용맹함으로 보아, 옛날 중국의 유명한 도적인 치우라도 당하지 못하겠구나. 아무리 신기한 재주가 있다 한들 어찌 한 몸을 팔도에다 나누어 한날한시에 도적질을 하겠는가? 보통 도적이 아님이 분명하다. 잡기가 심히 어려울 테니 좌우 포도청이 함께 군사를 내어 잡도록 하라."

임금의 명령이 떨어지자 우포도대장 이흡이 나아가 아뢰었다.

"도적 하나 잡는 데 좌우 포도청이 어찌 한꺼번에 나아가겠습니까? 신이 비록 재주는 없으나 그 도적을 잡아 오겠사오니, 전하께서는 근심하지 마옵소서."

임금이 이흡의 말을 듣더니 옳다고 생각해서, 급히 우포도청만 출전시켰다. 이흡은 임금에게 하직한 뒤 수많은 포졸을 거느리고 출발했다.

군사들은 모두 흩어져 길동을 찾다가 정해진 날짜에 문경에 모이기

• **치우**(蚩尤) 중국에 전하는 전설상의 인물. 신농씨 때 난리를 일으켜 탁록(涿鹿)의 들에서 황제와 싸웠다. 짙은 안개를 일으켜 황제를 괴롭혔지만 지남차를 만들어 방위를 알게 된 황제에게 결국 패해 잡혀 죽었다. 후세에는 제나라의 군신(軍神)으로서 숭배됐다.

로 약속했다. 이흡은 포졸 서너 명만 거느리고는 옷차림을 바꾸어 일반인처럼 속이며 다니고 있었다.

하루는 날이 저물어 주점을 찾아 쉬고 있는데, 문득 한 소년이 나귀를 타고 들어와 이흡에게 뵙기를 청하고 인사를 하는 것이 아닌가. 이흡이 답례를 하니, 소년이 갑자기 한숨을 지으며 말했다.

"온 천하에 임금의 땅 아닌 곳이 없고, 백성들 중 임금의 신하 아닌 사람이 없으니, 소생이 비록 시골에 있지만 나라를 생각하면 근심이 앞섭니다."

포도대장이 일부러 놀라는 체하며 소년에게 물었다.

"그게 무슨 말이오?"

"홍길동이라는 도적이 조선 팔도를 돌아다니며 소란을 피워 인심이 흉흉하고 시끄러운데, 그놈을 잡아 없애지 못하니 어찌 분하지 않겠습니까?"

포도대장이 그 말을 듣고 마음이 흡족하여 말했다.

"그대의 말이 충직하고 기골 또한 장대하니, 나와 함께 도적을 잡는 것이 어떻겠소?"

"내 진작에 도적을 잡으려고 했지만 힘이 뛰어난 사람을 만나지 못해 그냥 있던 참이었소. 이제라도 그대를 만났으니 참으로 다행이오. 하지만 당신의 재주가 어느 정도인지 모르니 어디 조용한 곳에 가서 알아봅시다."

소년은 포도대장을 이끌고 한참을 가더니, 한 곳에 이르러 높은 벼랑 위에 올라앉으며 말했다.

"온 힘을 다해 두 발로 나를 차 내려치십시오."

이렇게 말하고는 소년이 벼랑 끝에 나가 앉았다.

'제 아무리 힘이 뛰어나다고 해도 한 번 차면 벼랑으로 떨어지지 않겠는가.'

포도대장은 이렇게 생각하고는 있는 힘을 다하여 두 발로 힘껏 소년을 찼다. 그러나 소년은 꿈적도 않다가 갑자기 몸을 틀어 돌아앉으며 말했다.

"정말 장사이시군요. 여러 사람을 시험해 보았지만 나를 움직이게 한 사람이 없었는데, 당신 발길에는 내 오장이 다 울린 듯합니다. 이 정도 힘이면 충분하겠으니, 나를 따라오면 홍길동을 잡을 수 있을 것입니다."

소년은 포도대장을 인도해 첩첩산중으로 들어갔다. 이흡은 어딘지 도무지 모르는 곳으로 따라가며 생각했다.

'나도 힘이라면 자랑할 만한데, 저 소년의 힘을 보니 놀라지 않을 수가 없구나! 저 소년 혼자서라도 길동을 잡는 데 충분하지 않을까? 근심할 필요는 없겠다.'

그런데 한 곳에 이르러 소년이 갑자기 돌아서며 말했다.

"이곳이 바로 길동의 소굴이오. 내가 먼저 들어가 살펴볼 것이니, 여기서 조용히 기다리시오."

* 오장(五臟) 간장, 심장, 비장, 폐장, 신장의 다섯 가지 내장을 통틀어 이르는 말.

이흡은 마음속으로는 의심이 들면서도 어
찌할 도리가 없었다. 소년에게 그저 빨리 잡아오라
고 당부하고는 우두커니 기다리기만 할 뿐이었다.

한참이 지난 뒤, 홀연 산골짜기를 따라 군졸 수십 명이 요란하게 소
리를 지르며 내달려 오기 시작했다. 포도대장은 이를 보고는 크게 놀
라 피하려고 했지만, 금세 가까이 이른 군졸들은 그를 결박하면서 꾸
짖었다.

"네가 포도대장 이흡이냐? 우리가 염라대왕의 명을 받아 너를 잡으
러 왔다."

수십 명이 한꺼번에 달려들어 쇠사슬로 목을 옭아매니 포도대장은
혼이 나가 어찌할 바를 몰랐다. 군졸들은 그를 바람처럼 몰고 가서 이
윽고 한 곳에 이르러 고함을 지르며 꿇어앉혔다.

포도대장이 정신을 가다듬어 쳐다보니, 넓고 화려한 궁궐에 와 있

었다. 주변에는 무수한 황건역사들이 벌여 서 있고, 궁전 위쪽에는 한 임금이 옥좌에 앉아 성난 목소리로 꾸짖었다.

"너같이 하찮은 놈이 어찌 홍 장군을 잡으려 하는가? 너를 잡아 지옥에 가두리라!"

임금의 꾸짖는 소리에 포도대장은 겨우 정신이 들어 말했다.

"소인은 인간 세상의 보잘것없는 사람입니다. 죄 없이 잡혀 왔으니 제발 목숨만은 살려 주십시오."

포도대장이 손이 발이 되도록 애걸하니, 궁전 위에서 웃으며 꾸짖는 목소리가 다시 들렸다.

"이 사람아, 나를 자세히 보라. 내가 바로 활빈당 장군 홍길동이다. 나를 잡으러 나선 사람이 있다기에, 어제 푸른 도포를 입은 소년으로 변장하여 당신을 이곳으로 데려오면서 얼마나 뛰어난 힘과 의지를 지녔는지 시험해 보았다. 나의 위엄을 제대로 보았느냐."

길동이 말을 마치고는 주위에 명하여 포도대장의 결박을 풀었다. 그러고는 마루에 앉히고 술을 내어 와 권했다.

"더 이상 부질없이 다니지 말고 어서 돌아가라. 나를 보았다는 사실을 말하는 즉시 벌을 받을 것이니 부디 그런 말은 입 밖에 내지 마라."

길동은 다시 술을 부어 권하고는 부하들에게 포도대장을 내보내라고 명했다.

* 황건역사(黃巾力士) 머리에 누런 두건을 쓴 힘센 신장(神將).

포도대장 이흡은 쫓겨나며 정신이 아득해져 생각했다.

'이것이 꿈인가 생신가? 어찌해서 여기에 왔는가?'

그는 홍길동이 부린 조화를 신기하게 여기며 일어나서 가려고 했다. 그런데 팔다리가 전혀 움직이지 않았다. 이흡이 괴이해 하며 정신을 차려 살펴보니, 자기 몸이 가죽 부대 속에 들어 있는 것이 아닌가. 간신히 가죽 부대를 풀고 나와 보니 똑같이 생긴 가죽 부대 세 개가 나무에 걸려 있었다. 차례로 내려 끌러 보니, 처음 떠날 때에 데리고 왔던 부하들이 나왔다.

"이게 어찌 된 일인가? 우리가 헤어지며 문경에서 다시 모이자 했는데, 어찌해 이곳에 와 있는가?"

모두가 놀라 두루 살펴보니 그들이 서 있는 곳은 다름 아닌 서울의 북악산(北岳山)이었다. 네 사람은 어이없이 성안을 굽어보았다. 그러다가 포도대장이 하인들에게 물었다.

"너희들은 어째서 이곳에 왔느냐?"

그러자 세 사람이 동시에 아뢰었다.

"소인들은 주점에서 잠을 자고 있다가 갑자기 불어온 바람과 구름에 싸여 이리 왔습니다. 도대체 무슨 까닭인지 모르겠습니다."

포도대장은 하인들의 말을 듣고는 더 기가 막혔다.

"홍길동의 재주는 헤아릴 수가 없으니 어찌 사람의 힘으로 잡겠느냐. 하지만 우리가 겪은 일이 너무 허무맹랑하니 남에게 말하지 말거라. 우리가 빈손으로 간다면 죄를 면하지 못할 것이 뻔하니, 몇 달 기다렸다가 돌아가도록 하자."

허수아비
길동을 잡아

임금은 팔도에 공문을 내려 길동을 잡으라고 독촉했다. 하지만 길동
은 무궁무진한 재주를 드러내며 서울 대로에서 수레를 타고 다니기도
하고, 각 고을에 도착 날짜를 미리 알린 뒤 가마를 타고 들어가기도
했다. 암행어사로 변장하여 탐관오리의 목을 벤 뒤 임금에게 보고하
면서, '가어사 홍길동의 보고 공문'이라 써 놓기도 했다.

　임금이 이를 알고는 진노하여 말했다.

　"이놈이 각 도에 다니며 난리를 치는데도 아무도 잡지 못하니 장차
어찌하겠는가."

　임금은 할 수 없이 삼정승과 육판서를 모아 놓고 의논하기 시작했
다. 하지만 논의를 하는 동안에도 공문이 계속해서 올라왔다. 모두 팔
도에서 홍길동이 난리를 일으켜 고을을 어지럽힌다는 내용이었다.

임금이 문서를 차례대로 읽고 크게 근심해 주위를 돌아보고 물었다.

"홍길동은 아마도 사람이 아닌가 보오. 이는 귀신이 일으키는 폐단으로밖에 볼 수가 없소. 여기 있는 누구도 이 일의 원인을 짐작하지 못한단 말이오?"

그러자 한 신하가 나아가 말했다.

"홍길동은 전임 이조 판서 홍 아무개의 서자요, 병조 좌랑 홍인형의 서제입니다. 그 아비와 형을 잡아 와서 직접 문초하시면 자연히 일의 연유가 드러나지 않을까 하옵니다."

이 말을 들은 임금이 더욱 화를 내며 말했다.

"이런 사실을 어찌 이제야 알린단 말인가."

임금은 곧바로 홍 판서와 인형을 잡아 와 의금부에 가두고, 인형부터 불러들여 직접 문초했다. 그는 진노해 서안을 치며 인형을 꾸짖었다.

"홍길동이라는 도적이 너의 서제이더구나. 어찌 동생을 막지 못하고 그냥 두어 국가에 큰 환란을 일으켰느냐? 만일 동생을 찾아내지 못한다면 그간에 쌓은 너희 부자의 공적도 돌아보지 않을 것이다. 빨리 길동을 잡아들여 나라에 벌어진 큰 변고를 없애도록 하라!"

임금의 명을 받은 인형은 황공하여 관을 벗고 조아리며 아뢰었다.

• **가어사(假御使)** 가짜로 어사 행세를 하는 사람.
• **서제(庶弟)** 아버지의 첩에게서 태어난 아우.
• **문초(問招)** 죄나 잘못을 따져 묻거나 심문하는 것.
• **의금부(義禁府)** 조선 시대에 임금의 명령을 받들어 중죄인을 신문하는 일을 맡아 하던 관아.

"신에게 천한 아우가 하나 있습니다. 일찍이 사람을 죽이고 목숨을 보전하려고 도망간 지 몇 년이 지났는데 그 뒤로 생사조차 모르고 지냈지요. 늙은 아버지께서는 길동의 일 때문에 신병을 얻어 목숨이 위태로운 지경입니다. 이런 와중에 길동이 흉악한 일까지 저질러 성상께 근심을 끼쳤으니, 저의 죄는 만 번 죽어도 아깝지 않습니다. 전하께서 자비로운 은택을 내려 주시기를 엎드려 바라옵니다. 제 아비의 죄를 용서하셔서 집에 돌아가 병을 다스리게만 해 주신다면 제가 죽기를 각오하고 길동을 잡아 저희 부자의 죄를 씻을까 하옵니다."

이 말에 마음이 움직인 임금은 즉시 홍 판서를 사면하고, 인형에게는 경상 감사 직위를 내려 길동을 잡으라고 지시했다.

"감사라는 지위 없이는 길동을 잡기 어려울 것이다. 일 년의 시간을 주겠으니 그 안에 반드시 잡아들이도록 하라."

인형은 임금의 은혜에 감사해 하며 여러 번 절하고 물러나와 바로 서울을 떠났다. 그날 경상 감영에 도임한 인형은 각 읍에 길동을 달래는 내용의 방을 붙였다.

사람이 세상에서 살아가는 데에는 오륜이 으뜸이다. 그리고 오륜이 있음으로써 인의예지가 분명하거늘, 너는 이를 깨닫지 못하고 있구나. 임금과 부모의 명

• **오륜**(五倫) 유학에서 사람이 지켜야 할 다섯 가지 도리. 부자유친, 군신유의, 부부유별, 장유유서, 붕우유신을 이른다.
• **인의예지**(仁義禮智) 유학에서 사람이 마땅히 갖추어야 할 네 가지 성품. 곧 어질고, 의롭고, 예의 바르고, 지혜로움을 이른다.

을 거역해 불충과 불효를 저지르면서 어찌 세상을 떳떳하게 살아가겠는가. 내 아우 길동이라면 이런 이치를 알 것이니, 스스로 형을 찾아와 사로잡히도록 해라. 아버지께서는 너로 인해 병이 뼛속까지 깊이 드셨다. 네 죄악이 세상에 가득하니 성상께서도 크게 근심하셔서 나를 특별히 경상 감사에 제수해 너를 잡아들이라 하신다.

만일 너를 잡지 못하면 우리 가문이 여러 대에 걸쳐 쌓은 청덕이 하루아침에 사라질 것이니, 어찌 슬프지 않겠느냐. 바라나니 아우 길동은 이를 생각하여 당장 자수하여라. 그러면 너의 죄도 덜어질 것이오, 우리 가문도 보존될 것이다. 네가 어떤 결정을 내릴지 모르지만, 만 번 생각해서 빨리 자수하는 것이 좋으리라.

감사는 이 방을 각 읍에 붙이고, 공무는 전혀 보지 않은 채 길동이 자수하기만을 기다렸다.

하루는 나귀를 탄 소년이 하인 수십 명을 거느리고 감영의 문밖에 와서 감사를 뵙고 싶다고 청했다. 감사가 들어오게 하자 소년이 마루 위에 올라와 인사를 하는데, 자세히 보니 애타게 기다리던 길동이 아닌가. 감사는 놀랍기도 하고 기쁘기도 해서 주위 사람들을 물리치며 길동의 손을 잡고는 흐느껴 울면서 말했다.

"길동아, 네가 집을 나선 뒤로 생사조차 알지 못하자 아버지 병환이 갈수록 깊어져 고칠 수 없는 지경에 이르렀다. 그런데도 너는 불효만 일삼고 나라에 큰 근심을 끼치는구나. 대체 무슨 마음으로 충성스럽지도, 효성스럽지도 못하게 살면서 도적까지 되어 세상에 비할 데 없는 죄를 짓느냐? 성상께서는 이미 진노하시어 너를 반드시 잡아들이라 하시니, 피할 수 없는 일이로구나. 바로 서울로 올라가 임금의 명을 순순히 받아들여라."

인형은 목이 메어 말을 간신히 마치고 눈물을 비 오듯 흘렸다. 길동은 형의 말에 느끼는 바가 있는지 머리를 숙이고 말을 받았다.

"천한 동생이 여기에 찾아온 것은 아버지와 형을 위태로운 지경에서 구하기 위해서입니다. 어찌 다른 뜻이 있겠습니까? 아버지께서 애초에 천한 저에게 아버지라 부를 수 있게 하고 형이라 부를 수 있게 허락하셨던들 일이 이 지경에 이르렀겠습니까? 하지만 지나간 일을 말해 봐야 무슨 소용이 있겠습니까? 어서 천한 저를 묶어 서울로 올려 보내십시오."

길동은 이렇게 말하고는 다시 입을 다물었다. 인형은 그 말을 듣고 슬퍼하면서도 한편으로는 길동이 자수한 내막을 공문으로 작성했다. 그리고 길동의 목에 칼을 씌우고 발에는 차꼬를 채워 죄인을 호송하는 수레에 태웠다. 건장한 장교 십여 명이 길동을 서울로 데리고 올라갔는데, 밤낮을 쉬지 않고 평소의 두 배 거리를 이동하며 걸음을 재촉했다. 각 읍을 지날 때마다 길동의 재주를 들은 백성들이 그가 잡혀 온다는 소문을 듣고 길이 메어지도록 모여 구경을 했다.

그런데 서울에 도착하니 팔도에서 잡혀 온 길동이 여럿 모인 것이 아닌가. 조정과 서울 사람들은 어찌된 영문인지 알 수가 없었다. 임금

• **청덕**(淸德) 청렴하고 고결한 덕행.
• **차꼬** 죄수를 가두어 둘 때 발을 채우는 형구.

도 놀라서 조정의 신하들을 다 모으고 친히 국문에 나섰다. 하지만 여
덟 명의 길동은 저희끼리 싸우기 바빴다.

　"네가 진짜 길동이지, 나는 아니다."

　누구도 어느 쪽이 진짜 길동인지 분간할 수가 없었다. 임금이 괴이
하게 여겨 아버지인 홍 판서를 불렀다.

　"자식을 알아보는 데는 아버지만 한 사람이 없으니, 저 여덟 중에서

경의 아들을 찾아내라."

　임금의 명령에 홍 판서가 황공해 하며 머리를 조아렸다. 그러고는
죄를 청하며 아뢰었다.

　"신의 천한 자식 길동은 왼쪽 다리에 붉은 혈점이 있사오니, 이것으
로 알아낼 수 있을 것입니다."

　그는 말을 마치고는 여덟 길동을 돌아보며 꾸짖었다.

"지척에 임금님이 계시고 그 아래 아비가 있는데도, 네 이렇듯 천고에 없는 죄를 지었으니 죽기를 아까워하지 말라."

홍 판서는 그 자리에서 피를 토하고 엎어져 기절했다. 임금이 크게 놀라 대궐의 의원을 불러다가 치료했으나 차도가 없었다. 여덟 길동은 모두 이를 보고 동시에 눈물을 흘리며 주머니 속에서 환약 하나씩을 꺼내 홍 판서의 입에 넣었다. 반나절 후에 홍 판서가 정신을 차리고 깨어나자 여덟 길동이 임금에게 아뢰었다.

"신의 아비가 나라의 은혜를 많이 입었는데 제가 어찌 감히 나쁜 짓을 하겠사옵니까. 하지만 저는 원래 천한 종의 몸에서 태어나 아버지를 아버지라 부르지 못했고 형을 형이라 부르지 못했사옵니다. 이것이 평생 한으로 맺혀 집을 버리고 도적의 무리로 들어갔습니다.

그러나 백성을 범하는 일은 추호도 없었고 각 읍 수령이 의롭지 못하게 착취한 재물만 빼앗았을 뿐입니다. 십 년이 지나면 조선을 떠나 다른 곳으로 가려 하니, 엎드려 빌건대 성상께서는 근심하지 마시고 신을 잡으라는 명령을 거두옵소서!"

여덟 길동은 이렇게 말하고는 한꺼번에 넘어졌는데, 모두 풀로 만든 허수아비로 변해 버렸다. 임금이 더욱 놀라 진짜 길동을 잡으라는 공문을 팔도에 다시 내려보냈다.

의적, 도둑인가 영웅인가?

의적(義賊)은 탐관오리의 재물을 훔쳐다가 가난한 사람을 도와주는 의로운 도적을
말합니다. 이 책의 주인공 홍길동이 바로 우리나라의 전설적인 의적이지요.
세계 각국에서도 시대마다 당시의 모순을 들춰내는 의적들이 생겨나 힘겹게
살아가는 수많은 사람의 속을 시원하게 풀어 줬다는군요. 이들 영웅들이
의적이 될 수밖에 없었던 사연과 그들이 펼친 활동을 살펴볼까요?

의적이라면! 동서양 의적의 공통점

둘째, 의적은 봉건 정부나 왕을 적으로 삼지 않았습니다. 의적의 공격 대상은 왕이 아니라 왕의 덕화를 어지럽히는 탐관오리였지요. 의적 역시 어진 왕도 정치 실현을 이상으로 삼았던 셈입니다.

첫째, 의적은 중세 봉건 농경 사회의 테두리 안에서만 활약한 존재였습니다. 의적은 가난한 농민을 도와 탐관오리를 공격의 대상으로 삼는 농민 저항 세력으로, 근대 산업 사회와는 무관했지요.

셋째, 의적은 불의한 재물을 빼앗아 가난한 농민을 도와주었습니다. 권력자들이 부당한 방법으로 탈취한 백성의 재산을 되찾아 돌려주는 것은 정의로운 행위였지만 현행법으로는 금지된 일이었지요. 의적들은 범법자로 몰려 늘 도망을 다녀야 했습니다. 하지만 농민에게만큼은 자신을 구원해 줄 영웅으로 대접받았지요.

넷째, 의적은 불가피한 경우가 아니면 절대로 사람을 죽이지 않았습니다. 이들은 '신사 강도'라 불리며 당시 사람들에게 인정을 받았지요.

다섯째, 의적은 결코 싸움에서 지는 법이 없었습니다. 패배를 모르는 그들이었지만 가족을 인질로 잡고 협박하면 어쩔 수 없이 항복했지요. 의적을 협박할 때 서양에서는 부인이나 아이들이, 동양에서는 부모가 주로 인질의 대상이 됐습니다. 가족을 지키는 것은 사회 구성원 모두가 소중하게 생각하는 것이기 때문에 비록 이런 상황에서 의적이 적에게 지더라도 사람들은 그들을 인정하고 지지했습니다.

영국의 의적, 로빈 후드

로빈 후드(Robin Hood)는 영국 중세 시대부터 여러 민담에 등장해 온 가공의 인물이자 전설적인 의적입니다. 11세기에 노팅엄 주 셔우드 숲속에 살며 60여 명의 호걸과 함께 포악한 지방관을 징벌하고 탐욕스러운 성직자나 지주의 재산을 빼앗아 가난한 사람을 도왔다고 하지요. 불의한 권력에 맞선 로빈 후드의 영웅적 행동은 작가들의 문학적 소재로 인기를 끌었습니다. 로빈 후드는 수세기에 걸쳐 소설, 영화, 애니메이션 등의 주인공으로 재탄생했지요. 16세기에는 부당한 통치 권력에 저항하는 인물로, 17세기에는 부자를 털어 가난한 자를 돕는 영웅으로, 19세기에 들어서는 노르만 왕조에 대항하는 색슨 족의 영웅으로서 마침내 '무법자의 왕이자 선량한 사람들의 공작'으로 거듭났습니다.

영국

로빈 후드

인도

풀란 데비

인도의 여자 의적, 풀란 데비

풀란 데비(Phoolan Devi, 1963~2001)는 인도의 천민 계급인 수드라로 태어났습니다. 11세 되던 해 스무 살이나 많은 남자에게 팔려가 학대를 당하던 그녀는 20세 때 결국 남편에게 버림받은 뒤 산적에게 납치됩니다. 이를 계기로 산적 일당에 가담하게 된 데비는 무장 강도단 활동까지 펼치며 억압받는 인도 민중의 영웅이 되었습니다. 사람들은 그녀를 '아름다운 산적', '밴딧 퀸'이라 불렀습니다. 데비는 1994년 석방된 뒤, 하층 계급을 대변하는 정치인으로 활동하다 괴한의 총격으로 비극적인 생을 마감했습니다.

러시아의 농민군 지도자, 스텐카 라진

스테판 티모페예비치 라진(1630~1671)은 러시아의 농민 혁명 운동가로 러시아 제국의 전제적 통치에 반발해 반란을 주도한 농민 지도자입니다. 사람들은 그를 스텐카 라진(Stenka Razin) 이라 부르지요. 1694년에 농노법이 제정되면서 농민에 대한 단속이 강화되자 정부에 대한 불만이 높아졌습니다. 식량 부족조차 극심해지자 스텐카 라진의 지휘 아래 있던 도망 농민들은 볼가 강변으로 이동했습니다. 그들은 대상인의 곡물과 상품 운반선은 물론 무역선까지 습격했지요. 이 농민군은 규모가 커지면서 정부, 지주, 대상인을 위협하는 존재가 되었고 정부는 대군을 파견해 이들을 진압했습니다. 결국 스텐카 라진은 1671년 러시아 제국 관군에 체포되어 사지를 찢기는 사형에 처해졌습니다. 하지만 〈스텐카 라진〉이라는 러시아 민요까지 지어질 정도로 민중은 그를 영웅으로 치켜세웠습니다.

러시아

스텐카 라진

중국

송강과 108명의 의적

중국 《수호전》에 등장하는 108명의 의적

중국 명나라 초기 작품 《수호전》에는 송강을 주축으로 한 108명의 의적이 등장합니다. 이들은 중국 산동 성 서부에 있던 험준한 늪, 양산박에 모여 정의를 실현한 영웅들이었습니다. 108명의 의적은 하급 관리, 무관, 상인, 도박꾼, 도둑 등 다양한 출신으로 꾸려졌는데 주인공인 급시우 송강은 하급 관리이지만 자신을 돌보지 않고 민중의 어려움을 해결해 명망을 얻습니다. 표자두 임충, 화화상 노지심, 흑선풍 이규, 호랑이를 때려잡는 무송 등 의협심과 개성이 강한 주인공들도 등장해 지배 계급의 부패를 폭로하고 민중의 편에서 싸워 나갑니다. 108명의 의적은 이후에 벼슬을 얻기도 하고 송나라를 위협하는 요나라와 싸우기도 합니다.

멕시코의 판초 비야, 의적에서 혁명가로

프란시스코 비야(Fransico Villa, 1878~1923)는 멕시코의 농민군 지도자이자 멕시코 혁명의 주역입니다. 본명은 도로테오 아랑고(Doroteo Arango)이지만 애칭인 판초(Pancho)로 더 잘 알려져 있지요. 판초는 1878년 멕시코의 가난한 농장 노동자의 아들로 태어났습니다. 1894년에 누이를 강간한 농장 주인을 살해하고 멕시코 북부의 산속으로 들어가 산적의 두목이 되었는데 악독한 부자나 영주의 재물을 빼앗아 굶주린 사람들에게 나눠 주면서 농민들에게 명망을 얻었고 영웅으로 떠올랐습니다. 1910년, 판초 비야는 멕시코 혁명에 뛰어들어 승리를 거듭한 끝에 '멕시코 민중의 영웅'이 됐습니다. 멕시코 혁명은 성공했고 그는 민간인으로 돌아와 토지를 농민에게 분배했습니다. 중세의 의적으로 출발했지만 자신의 삶을 근대적 혁명가로 발전시킨 것이지요. 〈라 쿠카라차(La Cucaracha)〉는 판초 비야의 멕시코 혁명을 담은 노래로, 우리에게도 친숙합니다.

판초 비야

멕시코

중남미 조로

중남미 의적의 아이콘, 조로

조로(Zorro)는 작가 존스턴 매컬리가 1919년에 만든 가공의 인물로, 검은색 망토에 가면을 쓰고 독재자와 악당으로부터 사람들을 지키는 무법자입니다. '조로'라는 이름은 '여우'를 뜻하는 에스파냐어에서 따왔는데, 조로는 자신의 정체를 숨기기 위해 평소에는 유약한 귀족으로 행동하지만 필요할 때는 강인한 민중 영웅으로 변신합니다. 이는 오늘날 슈퍼 히어로의 캐릭터에 영향을 주었지요. 조로는 1919년에 모험 소설 《카피스트라노의 재앙(The Curse of Capistrano)》에서 처음 등장했습니다. 에스파냐 식민지 시절, 캘리포니아를 무대로 억압받는 사람들 편에 서서 불의한 자에게 칼 한 자루로 맞서는 조로 이야기는 선풍적인 인기를 끌었습니다. 그 뒤 40여 년에 걸쳐 총 65편의 소설로 재탄생했고, 작가 매컬리가 죽은 뒤에도 영화, 드라마, 애니메이션, 뮤지컬 등 다양하게 변주되어 선보였습니다.

활빈당 행수에서
병조 판서로

길동은 허수아비를 없애고는 두루 돌아다니다가 사대문에 직접 방을 붙였다.

소신 홍길동은 무슨 수를 쓴다 해도 절대 잡히지 않을 것이나, 다만 병조 판서 벼슬을 내리신다면 순순히 잡히겠습니다.

임금이 그 글을 보고 신하들을 모아 의논하니, 모두가 있을 수 없는 일이라고 아뢰었다.

"도적을 잡기는커녕 도리어 병조 판서에 제수한다는 것은 이웃 나라에도 창피하고 부끄러운 일입니다."

이 말을 옳다고 여긴 임금은 경상 감사에게 길동을 잡아 오라고 재촉할 뿐이었다. 경상 감사 인형은 왕의 엄한 교지를 받고는 송구스러워 어찌할 바를 몰랐다.

그러던 어느 날 길동이 공중에서 내려오더니 인형에게 절하고는 말을 꺼냈다.

"지금 여기 있는 제가 진짜 길동이니, 형님은 아무 염려 마시고 저를 바로 결박하여 서울로 올려 보내십시오."

감사가 이 말을 듣고는 길동의 손을 부여잡고 눈물을 흘리면서 말했다.

"이 철없는 녀석아. 아버지와 형의 가르침을 듣지 않고 온 나라를 떠들썩하게 하는 너를 보며 형으로서 내 마음이 어찌 애달프지 않았겠느냐. 하지만 이렇게 찾아와 자진해서 잡혀가려고 하니 기특한 일이로다."

인형이 급히 길동의 왼쪽 다리를 살펴보니 과연 혈점이 있었다. 그는 즉시 길동의 팔다리를 단단히 묶어 죄인 호송 수레에 태웠다. 그러고는 건장한 장교 수십 명을 뽑아 길동을 철통같이 에워싸고 풍우같이 몰아갔다. 이 와중에도 길동의 안색은 조금도 변하지 않았다.

여러 날 만에 서울에 다다라 대궐 문에 이르자 길동이 한 번 몸을 움직였다. 그러자 쇠사슬이 끊어지고 수레가 깨져 버렸다. 길동은 마치 매미가 허물을 벗듯 공중으로 올라가 가볍게 날듯이 구름에 묻혀 사라졌다. 장교와 여러 군사는 어이없었지만 공중만 바라보며 넋을 잃고 있을 따름이었다. 할 수 없이 임금께 이 사실을 알리니 임금은 보고를 듣고 크게 근심했다.

"천고에 이런 일이 어디 있으랴?"

그러자 신하 중 한 사람이 나서며 아뢰었다.

"길동의 소원이 병조 판서인데 한 번 지내고 나면 조선을 떠나겠다고 합니다. 소원을 풀어 주면 스스로 성상의 은혜에 감사하러 올 것이니, 그때를 틈타 길동을 사로잡는 것이 어떨까 하나이다."

임금이 이를 옳게 여겨 즉시 홍길동을 병조 판서에 임명한다는 방을 사대문에 붙였다. 이 소식을 들은 길동은 사모관대에 서띠를 매어 병조 판서 복색을 하고는 높은 수레에 의젓하게 앉아 큰길로 버젓이 들어오며 외쳤다.

"홍 판서 사은하러 온다!"

병조의 관리들이 길동을 맞이해 대궐로 들어가니, 신하들은 의논을 분분히 하다 약속을 정했다.

"큰 칼과 도끼를 쓰는 군사들을 매복시켰다가 길동이 사은하고 나오거든 일시에 쳐 죽여라."

한편 길동은 대궐에 들어가 병조 판서를 제수받고 임금에게 절하며 아뢰었다.

"소신의 죄악이 더없이 무거운데, 도리어 전하의 은혜를 입어 평생의 한을 풀고 돌아가옵니다. 하지만 전하를 모실 길이 없어 이제 영원히 작별하오니, 엎드려 바라건대 부디 만수무강하소서."

말을 마친 길동은 몸을 공중에 솟구치더니 구름에 싸여 알 수 없는 곳으로 사라졌다. 임금이 이를 보고 감탄하며 말했다.

"길동의 신기한 재주는 고금에 드물 것이다. 스스로 조선을 떠난다

고 했으니 다시는 폐를 끼칠 일이 없으리라. 수상쩍기는 하나 대장부
의 통쾌한 결정이니 염려하지 않아도 될 것이다."

임금은 홍길동의 죄를 용서한다는 내용의 공문을 팔도에 보내고,
그 뒤로 길동 잡는 일을 멈추었다.

한편, 길동은 활빈당 소굴로 돌아와 여러 부하에게 분부를 내렸다.

"잠깐 다녀올 곳이 있으니, 너희들은 아무 데도 돌아다니지 말고 내

가 돌아오기를 기다려라."

그러고는 그대로 몸을 솟구쳐 남경으로 향해 가던 길동은 한 곳에 다다랐다. 바로 율도국(聿島國)이었다. 사면을 살펴보니 산천이 깨끗하고 인물이 번성하여 편안하게 살 만했다.

길동은 이어서 남경에 들어가 구경한 뒤, 제도라는 섬에 들러 두루 다니며 산천을 둘러보고 인심도 살폈다. 오봉산에 이르러 보니 천하제일 강산으로, 둘레가 칠백 리요, 기름진 논이 가득해 사람 살기에 정말 알맞았다.

'내 이미 조선을 떠났으니, 이곳에 와서 숨어 지내며 큰일을 도모하리라.'

마음을 정한 길동은 한걸음에 활빈당 소굴로 돌아와 여러 부하에게 일렀다.

"너희들은 양천 강변에 가서 배를 여러 척 만든 뒤, 아무 날에 서울 한강으로 와서 기다려라. 나는 임금께 청하여 벼 천 석을 얻어 올 것이니 약속을 어기지 말라."

길동이 소란을 일으키는 일이 없어진 뒤로 홍 판서의 병은 쾌차했으며 임금 또한 근심 없이 지냈다. 그러던 어느 구월 보름 무렵, 임금이 달빛을 받으면서 후원을 배회하고 있었다. 갑자기 한 줄기 맑은 바람이 일더니 청아한 피리 소리가 들리는 가운데, 한 소년이 공중에서 내려와 임금 앞에 엎드렸다. 임금이 놀라서 물었다.

"선동이 어찌 인간 세상에 내려와 절을 하는가. 무슨 일을 알려 주려는 것이냐?"

그러자 소년이 땅에 엎드려 아뢰었다.

"신은 전임 병조 판서 홍길동이옵니다."

임금이 깜짝 놀라서 물었다.

"네 어찌 이 깊은 밤에 찾아왔느냐?"

"신이 전하를 받들어 오랜 세월을 모시고자 했으나, 천한 종의 몸에서 태어났기에 벼슬길이 막혀 있었습니다. 문과로는 홍문관이나 예문관, 무과로는 선전관에조차 나아갈 수 없었지요. 전하께 이런 연유를 알리고자 제멋대로 다니면서 사방의 관가에 폐를 끼치고 조정에 죄를 지었습니다. 그런데 이렇게 병조 판서를 제수하여 신의 소원을 들어 주옵시니 평생의 한을 풀게 됐습니다. 이제 하직 인사를 드리고 조선을 떠나가옵니다. 엎드려 바라건대 전하께서는 만수무강하옵소서."

말을 마치자 길동이 공중에 올라 가벼이 떠가니, 임금이 그 재주를 못내 칭찬했다.

이런 일이 있은 뒤로는 길동이 일으키는 폐단이 사라졌고 사방이 태평했다.

* **제도** 가상의 지명인 듯하나 저도(猪島)로도 표기된다.
* **선동**(仙童) 선경(仙境)에 살면서 신선의 시중을 든다는 아이.
* **홍문관**(弘文館) 조선 시대에 궁중의 문서를 관리하고 임금의 자문에 응하던 기관.
* **예문관**(藝文館) 조선 시대에 임금의 명령을 글로 짓던 기관.
* **선전관**(宣傳官) 조선 시대에 선전관청에 속한 무관 벼슬.

괴물의 소굴에서 사람을 구하고

길동은 조선을 떠나 남경 땅에 있는 제도 섬으로 들어갔다. 그곳에서 집을 수천 호 짓고 농업에 힘쓰니 양식이 풍족해졌다. 또한 재주를 배워 무기고를 짓고 군법을 익히니, 병사들도 훈련을 잘 받았다.

하루는 길동이 화살촉에 바를 약을 구하러 망당산으로 향하던 길에 낙천 땅에 이르렀다. 그곳에는 백룡이라는 부자가 살았는데, 재주가 뛰어난 딸 하나를 두고 있었다. 그런데 어느 날 바람이 크게 불면서 딸이 온데간데없이 사라져 버렸다. 애지중지하던 딸을 잃은 백룡 부부는 많은 돈을 뿌려 사방으로 행방을 찾았지만 종적이 없었다. 부부는 매우 슬퍼하며 딸을 찾기 위해 이런 말을 퍼뜨렸다.

"누구라도 내 딸을 찾아 주면, 재산의 반을 나누어 주고 사위로 삼으리라."

길동도 이 말을 듣고 측은한 마음이 들었으나 어찌할 수가 없었다. 그는 하릴없이 망당산에 가서 약초를 캐며 점점 산속 깊이 들어갔다.

날이 저물어 더 가야 하나 주저하고 있는데, 갑자기 사람 소리가 나며 등불이 환한 곳이 나타났다. 길동이 그곳에 찾아가서 보니 사람이 아니라 미물이 앉아 지껄이고 있는데 바로 울동이란 괴물이었다.

울동은 여러 해를 묵은 터라 자유자재로 변신을 했다. 길동은 곧바로 몸을 감추고 활을 쏘아 그중 괴수를 맞혔다. 그러자 곁에 있던 괴물들이 모두 소리를 지르며 달아났다.

● **망당산** 중국 강소성 탕산현 동남쪽에 있는 망탕산(芒碭山)을 일컫는 듯하다.
● **낙천** 망탕산과 가까이 있는 중국 절강성의 낙청(樂淸)인 듯하다.

나무에 의지해 밤을 지낸 길동은 이튿날 다시 산속을 두루 돌아다녔다. 그런데 갑자기 괴물 서넛이 나타나 길동을 보더니 말을 걸었다.

"그대는 무슨 일로 이 깊은 곳에 이르렀소."

"내 의술을 알아 약초를 캐는 중인데, 그대들을 만나 다행이오."

그러자 괴물들이 기뻐하며 대답했다.

"우리는 이곳에 산 지 오래됐소. 그런데 어젯밤 우리 왕이 부인을 새

　로 맞아 잔치를 벌이다가 하늘에서 내린 화살을 맞았소이다. 지금 상
태가 아주 위중한데, 그대가 명의(名醫)라 하니 좋은 약으로 왕의 병을
고치면 큰 상을 받게 될 것이오.”

　길동이 가만히 생각해 보니 다쳤다는 왕이 바로 어젯밤 자기 활에
맞은 놈이구나 싶어 괴물들의 부탁에 응했다.

　괴물들은 길동을 인도하더니 한 곳에 이르렀다. 그러고는 길동을

　　문밖에서 기다리게 하고 안으로 들어가더니 이윽고 나와서
들어오라 청했다. 길동이 안으로 들어가 보니 화려하게 장식한
넓고도 아름다운 집 가운데 흉악한 것이 누워 신음하다가 그를
보고는 몸을 거동하며 말했다.

　　"어젯밤 우연히 하늘로부터 날아오는 화살을 맞아 몸이 이 지경이
되었는데, 시종의 말을 듣고는 그대를 청했소. 이는 하늘이 나를 살리
려는 것이니 그대는 재주를 아끼지 마시오."

　　길동은 감사하다고 하며 말을 이었다.

　　"먼저 속을 치료할 약부터 쓴 뒤 겉을 살피는 것이 좋겠소."

　　괴물의 괴수가 응낙하자, 길동은 약주머니에서 독약을 꺼내서 급히
온수에 타 먹였다. 괴수는 한참 만에 외마디 소리를 지르고 죽었다.
괴수가 죽는 것을 본 요괴들이 한꺼번에 길동에게 달려들었지만, 그
는 신통력을 발휘해 이를 다 물리쳤다.

그러던 중 문득 두 젊은 여자가 살려 달라고 애걸하는 것이 보였다.

"저희는 요괴가 아니라 인간 세상 사람인데 이리로 잡혀왔습니다. 부디 목숨을 구해 주셔서 이곳을 벗어나게 해 주소서."

이 말을 들은 길동은 백룡이 딸을 잃어버린 일이 생각나서 여인에게 살았던 곳을 물었다. 과연 한 여자는 백룡의 딸이고, 다른 여자는 조철의 딸이었다.

길동은 남은 요괴들을 깨끗이 없애 버리고, 두 여자를 각각 제 부모들에게 데려다 주었다. 부모들이 크게 기뻐하며 길동을 사위로 맞으니 길동은 하루아침에 백 소저와 조 소저 두 부인을 얻게 됐다. 그는 두 집 가족들을 거느리고 제도 섬으로 들어갔는데, 모두가 반기며 축하해 주었다.

하루는 길동이 하늘을 보다가 놀라더니 눈물을 흘렸다. 곁에 있던 여러 사람이 그 이유를 물었다.

"무슨 연고로 슬퍼하십니까?"

"하늘의 별자리를 보고 부모님의 안부를 짐작해 왔는데, 지금 하늘을 보니 부친의 병세가 위중해 보인다. 하지만 이토록 멀리 떨어져 있으니, 돌아가시기 전에 아버지께 이르지 못할까 봐 마음이 슬프구나."

길동이 말을 마치고는 길게 한숨을 내쉬며 탄식하니, 주위 사람들도 같이 슬퍼했다.

이튿날 길동은 월봉산에 들어가 훌륭한 장지를 구하여 묘를 만들었다. 그러고는 석물을 갖추어 세웠는데 마치 임금의 무덤을 꾸미는 것과 같았다.

길동은 큰 배 한 척도 준비하여 부하들에게 주며, 조선국 서강의 강변에서 기다리라고 명했다. 그러고 나서 자신은 머리를 깎고 중의 모습을 한 채로 작은 배를 타고 조선을 향했다.

- **소저(小姐)** '아가씨'를 한문 투로 이르는 말.
- **두 부인을 ~ 됐다** 두 여자를 모두 정실부인으로 삼았기 때문에 첩을 들여 벌어지는 적서 차별의 문제는 생기지 않았다.
- **장지(葬地)** 장사하여 시체를 묻는 땅.
- **석물(石物)** 무덤 앞에 세우는, 돌로 만들어 놓은 여러 가지 물건.

불우한 천재 작가를 만나다

허균은 명문가에서 태어났지만 파격적인 돌출 행동으로 네 번이나 파직을 당했고, 홍길동이라는 도적을 주인공으로 하여 언문 소설 《홍길동전》까지 써서 장안에 파문을 일으켰습니다. 현재 반란을 모의한 반역 죄인으로 의금부 옥에 갇혀 사형을 앞두고 있는 허균을 직접 만나 여러 가지 이야기를 들어 보겠습니다.

◆ 선생님은 좋은 집안에서 태어나 천재라는 소리까지 들었는데도 인생을 탄탄대로로 걷지 못한 이유가 무엇입니까?

저는 개성을 죽이고 예의범절에만 맞추어 살아야 하는 것을 납득할 수 없습니다. 우리에게 성정(性情)을 준 것은 하늘이고, 예의 법도를 가르친 것은 성인입니다. 하늘이 성인보다 높으니 당연히 개인의 성정부터 따라야 하는 것이 맞지 않겠습니까? 네 번이나 파직을 당한 이유도 모두 제 기질을 걸고넘어진 것이었습니다. 황해도 도사로 있을 때는 서울의 기생을 끌어들여 즐겼다 하고, 삼척 부사로 있을 때는 불교를 믿었다 하고, 공주 목사로 있을 때는 성격이 경박하고 괴팍하다는 이유를 들었습니다. 도덕보다는 인간이 먼저가 아닙니까? 왜 인간의 자유로운 삶을 도덕규범으로 구속하는지 모르겠습니다.

◆ 일찍 돌아가신 형과 누이가 뛰어난 시인이라 들었습니다. 매천(梅泉) 황현(黃玹)은 세 분 형제를 '초당 집안의 세 그루 보배로운 나무'라고 했는데 어떤 분들인지 소개해 주시죠.

둘째 형은 봉(篈)이고, 누이는 초희(楚姬)입니다. 누이는 난설헌(蘭雪軒)이라는 호로 더 잘 알려져 있죠. 제가 스무 살 되던 1588년에 형이 죽고, 2년 뒤인 1590년에 누이도 죽었습니다. 형은 37세, 누이는 27세의 젊은 나이였습니다. 형은 손곡(蓀谷) 이달(李達), 백호(白湖) 임제(林悌) 같은 자유분방한 분들과 벗으로 지낸 시인으로, 벼슬에 뜻이 없어 여기저기 떠돌다 금강산에서 죽었지요. 누이는 재주가 뛰어났지만 여성에게 일방적인 희생을 강요하는 사회 속에서 불행한 삶을 마쳤습니다. 결혼 생활이 순탄치 못했고 두 명의 아이까지 먼저 잃었지요. 그 내용이 〈곡자(哭子)〉라는 시에 잘 나타나 있습니다. 누이의 시는 중국에서까지 이름을 날려 시집이 출간되기도 했지요. 저도 《학산초담》에서 누이를 그리며 "오호라! 살아 있을 때는 부부 사이가 좋지 않더니, 죽어서도 제사를 받들어 줄 아들 하나가 없구나. 아름다운 구슬이 깨졌으니 그 슬픔이 어찌 끝나리오."라고 쓴 적이 있습니다.

♦ 이런 이유로 봉건 체제에 반기를 든 소설을 쓰셨나요? 선생님은 혹시 서자가 아니신가요?

봉건 체제에 반기를 든 것은 아니고, 적서 차별을 반대했지요. 저는 서자가 아니지만 스승인 손곡 선생님이 서자셨습니다. 해서 그렇게 재주가 많으셨는데도 변변찮은 벼슬 한 자리 하지 못하셨지요. 이게 말이 됩니까? 똑같은 아비의 자식인데 문과 과거 시험도 볼 수 없게 하니 어찌 이렇게 차별할 수 있습니까? 그러니 서얼들이 집을 뛰쳐나가 사고를 칠 수밖에 없는 것이지요. 적자와 서자를 차별해 인재를 버리니 나라 또한 어떻게 부강할 수 있겠습니까? 적서 차별은 이제 사라져야 합니다.

♦ 홍길동은 연산군 때의 도적인데 어떻게 그런 인물을 주인공으로 하여 소설을 쓰셨습니까?

통치자들이 이 이야기를 경계로 삼게 하기 위해 도적을 내세웠습니다. 중국에도 송강과 108 명의 도둑들을 내세운 의적 소설 《수호전》이 있잖습니까? 〈호민론(豪民論)〉에서 주장했듯 "천하에 두려워할 바는 오직 백성뿐"이라고 생각합니다. 백성은 호민, 원민, 항민 세 부류로 나눌 수 있습니다. 그중 호민은 "나라의 어지러운 틈에 한 번 소리 지르면 원민(怨民, 원망만 하는 사람)과 항민(恒民, 순종하는 사람)이 따르는 자"입니다. 홍길동도 호민인 것이지요. 백성이 곧 나라인데도 통치자들은 백성이 얼마나 무서운지 모릅니다. 저는 정치하는 사람들이 백성을 잘 보살피라는 뜻에서 이 작품을 썼습니다.

♦ 광해군 정권을 미워하다가 '칠서(七庶)의 난' 이후에 돌연 그 정권에 참여하고 다시 반란을 모의한 이유가 무엇입니까?

내가 서울에서 잘나가는 집안의 서자들과 어울린 것은 사실입니다. 사회적으로 천대받으며 과거 시험장에도 나가지 못한 서자들은 나와 마음이 잘 맞았습니다. 우리는 여강(驪江) 가에 굴을 파고 도둑질을 하며 세상에 대한 불만을 표출했습니다. 그런데 이것이 정치적 사건으로 발전했지요. 신변에 위협을 느낀 저는 광해군 정권의 실세이자 동문인 이이첨(李爾瞻)에게 부탁해 벼슬자리를 얻었습니다. 호랑이를 잡으려면 호랑이 굴에 들어가라는 말도 있듯, 열심히 대북파(大北派)의 노선을 따르고 인목대비(仁穆大妃) '폐모론(廢母論)'을 주장하며 왕의 신임을 얻은 뒤에 썩어 빠진 정치를 바꾸려 했습니다. 형조 판서를 거쳐 좌참찬으로 승진하자 대궐을 장악할 계획을 세웠습니다. 심복인 하인준, 김개, 김우성 등을 시켜 경운궁에 괴문서를 던진 다음 승군과 무사 들을 투입하려 했지만 사전에 계획이 탄로나고 말았습니다.

♦ 나라를 바꾸려던 계획이 수포로 돌아갔군요. 죽기 전에 마지막으로 하고 싶으신 말씀이 있으면 해 주세요.

제 호가 '교산(蛟山)'인데 용이 되어 승천하지 못하고 이무기로 떨어지는군요. 비록 반역죄로 사라지지만 역사는 나를 옹호할 것입니다. 보세요, 이게 정말 살 만한 세상입니까? 백성의 삶은 저리 힘든데 벼슬아치들은 아랑곳하지 않고 제 뱃속만 채웁니다. 홍길동은 다시 나타날 것입니다. 이 썩어 빠진 세상을 뒤엎지 못하고 가는 것이 한스러울 뿐입니다. 그렇지만 언젠가는 사람들이 바라는, 모두가 평등하게 살아가는 세상이 반드시 올 것입니다.

허균 연보

- 1세(1569)　　허엽의 셋째 아들이자 허성, 허봉, 허난설헌의 아우로 태어남.
- 12세(1580)　아버지 허엽이 세상을 떠남.
- 17세(1585)　김대섭의 딸과 결혼.
- 20세(1588)　둘째 형 허봉이 세상을 떠남.
- 22세(1590)　누이 허난설헌이 세상을 떠남.
- 29세(1597)　문과에 장원 급제해 명나라에 다녀옴.

　　　　　　　김효원의 딸을 두 번째 부인으로 얻음.
- 31세(1599)　서울 기생을 끌어들여 즐겼다는 이유로 황해도 도사에서 파직됨.
- 35세(1603)　벼슬에서 물러나 금강산에 머무름.
- 38세(1606)　명나라 사신을 영접하고 탁월한 문장으로 이름을 떨침.
- 39세(1607)　불교를 숭상했다는 죄로 삼척 부사에서 파직됨.
- 40세(1608)　서얼들과 어울린다는 이유로 공주 목사에서 파직됨.
- 42세(1610)　친척을 부정 급제 시켰다는 이유로 진주 부사에서 파직됨.
- 44세(1612)　사명당의 비문을 썼으며, 맏형 허성이 세상을 떠남.
- 45세(1613)　칠서의 난이 일어남.
- 48세(1616)　명나라에서 귀국해 형조 판서가 됨.
- 49세(1617)　경운궁 투시 사건을 일으킴.
- 50세(1618)　반란 계획이 탄로나 능지처참 당함.

아버지의 장례를 치르고

홍 판서는 갑작스레 병을 얻어 증세가 심해지자, 부인과 인형을 불러 유언을 남겼다.

"내가 죽더라도 여한은 없으나, 길동의 생사를 알지 못하는 것이 마음에 걸리는구나. 만약 살아 있다면 찾아올 것이니, 적서를 구분해 대하지 말고 그 어미도 잘 대접하라."

이렇게 말하고 홍 판서의 숨이 끊어지니, 온 집안이 비통한 슬픔에 잠겼다. 그러는 가운데 홍 판서의 묘를 쓸 장지를 구하지 못해 난처한 상황이 벌어졌다.

하루는 문지기가 와서 한 중이 조문하러 왔다고 알렸다. 가족들이 이상하게 여기며 들어오라 하니, 중이 들어서서는 목을 놓아 크게 우는 것이 아닌가. 모든 사람이 곡절을 몰라 서로 얼굴만 쳐다보고 있었는데 중이 다시 한 번 통곡하더니 상주에게 말을 꺼냈다.

"형님께서는 어찌 아우를 몰라보십니까?"

상주가 자세히 보니, 바로 길동이 아닌가. 형제는 서로 붙들고 통곡했다.

"아우야, 그동안 어디 있었더냐? 아버지께서 살아 계실 때 간절한 유언을 남기셨는데, 이제야 오다니 어찌 자식의 도리이겠느냐?"

상주인 인형은 길동의 손을 이끌고 내당에 들어가 유씨 부인께 인사시키고, 어머니인 춘섬과도 얼굴을 보게 했다. 춘섬은 길동을 보고 한바탕 통곡한 뒤 의아해서 물었다.

"어찌 중이 되어 다니느냐?"

어머니의 물음에 길동이 대답했다.

* 적서(嫡庶) 적자와 서자.
* 상주(喪主) 부모나 조부모가 세상을 떠나서 상중에 있는 상제 중 주(主)가 되는 사람.

"소자 조선을 떠나 머리를 깎고 중이 되어 지술을 배웠습니다. 아버지를 위해 좋은 터를 얻어 놓았으니 장지는 염려 마십시오."

이 말을 듣고 인형이 크게 기뻐하면서 말했다.

"재주가 참으로 대단하구나. 좋은 터를 얻었으니 무슨 염려가 있겠느냐."

다음 날 길동은 어머니와 함께 시신을 운구해 서강 강변에 이르렀는데 미리 준비한 배가 기다리고 있었다. 그 배를 화살같이 저어 제도에 다다르자 여러 사람이 배 수십 척을 대고 기다리고 있다가 길동의 배를 반겨 맞고는 일행을 호위해 갔는데, 그 광경이 장관이었다.

어느덧 산 위에 도착한 인형이 자세히 보니 산세가 웅장했다. 산에다 홍 판서의 묘를 쓰고는 함께 길동의 처소로 돌아오자 두 부인인 백씨와 조 씨가 시어머니와 시아주버니를 맞아 뵈었다. 길동이 하는 일과 사는 모습을 보고 인형과 춘섬은 못내 탄복했다. 춘섬은 장성한 자식이 대견스러워 칭찬을 그치지 않았다.

여러 날이 지나자 인형은 산소에 하직하고, 길동과 춘섬에게 산소를 잘 모셔 달라고 당부한 뒤 조선으로 다시 돌아갔다.

인형이 조선에 이르러 유씨 부인을 뵙고는 전후 사실을 전하자 부인이 신기하게 여겼다.

◦ 지술(地術) 풍수지리설에 바탕을 두고 지리를 보아 묏자리나 집터 따위의 좋고 나쁨을 알아내는 술법.

율도국을  향하여

길동은 아버지의 제사를 극진히 받들며 삼년상을 마쳤다. 그사이 모든 영웅이 제도에 모여 무예를 익히고 농업에 힘쓰니, 병사는 훈련을 잘 받았고 양식도 풍족했다.

제도의 남쪽에 자리한 율도국은 기름진 땅이 수천 리나 되어 실로 물산이 풍족했다. 길동은 율도국을 매양 마음에 두고 있었는데 하루는 모두를 불러 말했다.

"내가 율도국을 치고자 하니, 그대들은 마음과 힘을 다하라!"

길동은 곧 군사를 일으켜 율도국으로 진군했다. 정예 병사 오만 명을 거느리고 스스로 선봉에 섰으며 마숙을 후군장으로 삼아 율도국 철봉산에 다다르자 바로 싸움을 걸었다.

율도국의 태수 김현충은 난데없이 군마가 이르렀음을 보고 크게 놀

라 왕에게 보고를 올렸다. 그러는 동시에 군사 한 무리를 거느리고는
달려 나와 걀동에 맞서 싸웠다. 하지만 길동은 한 번에 김현충을 베고
철봉 지역을 차지한 뒤 그곳의 백성을 달래고 위로했다.

　그 뒤로 길동은 부하인 정철에게 철봉을 맡기고 자신은 대군을 지
휘하여 율도국의 도성을 치려고 먼저 격서를 보냈다.

　　의병장 홍길동이 율도 왕에게 글월을 부치나니, 대저 왕이란 한 사람의 임금
　　이 아니라 천하 만인의 임금이다. 내가 천명을 받아 군사를 일으키고 먼저 철
　　봉을 격파한 뒤 물밀 듯이 들어가니, 왕은 싸우고자 하거든 싸우고, 그렇지 않
　　으면 일찍 항복하여 살기를 도모하라.

율도 왕이 격문을 다 보고는 크게 놀라서 소리치며 말했다.
"굳게 믿었던 철봉을 잃었으니, 우리가 더 이상 어찌 대항하랴."
그러고는 모든 신하를 거느리고 항복했다.

격서(檄書) 군병을 모집하거나, 적군을 달래거나 꾸짖기 위한 글.

길동은 성안에 들어가 우선 율도국 백성을 달래어 안심시켰다. 이어서 왕에 즉위한 그는 율도 왕을 의령군에 봉하고, 마숙과 최철을 각각 좌의정과 우의정으로 삼았다. 그러고는 나머지 여러 장수에게도 벼슬을 내리니, 조정의 모든 신하가 천세를 부르며 하례했다.

길동이 왕이 되어 율도국을 다스린 지 삼 년 만에 산에는 도적이 사라지고, 길에는 떨어진 물건을 주워 가는 이가 없어지니, 이른바 태평세계라 할 만했다.

하루는 길동이 백룡을 불러 당부했다.

"내가 조선의 성상께 표문을 써서 올리려 하니, 경은 수고를 아끼지 말고 전하라."

길동은 표문과 함께 편지 한 통을 따로 써서 홍씨 집안으로도 전하라고 명했다. 백룡이 조선에 도착해 먼저 표문을 조선 임금께 올렸다. 임금은 표문을 보고는 백룡을 불러 크게 칭찬했다.

"홍길동은 진실로 특별한 인재로다."

그러고는 홍길동의 표문에 고맙다는 말을 전하기 위해 인형을 율도국으로 보내고자 했다. 조선의 임금은 인형에게 위유사 벼슬을 내리고 유서를 전했다.

어명을 받은 인형은 임금의 은혜에 감사한 뒤 집으로 돌아왔다. 어머니 유씨 부인에게 임금과 나눈 이야기를 고하자 유씨 부인 또한 율도국에 같이 가고자 했다. 마지못한 인형은 부인을 모시고 길을 떠나 여러 날 만에 율도국에 이르렀다.

길동은 몸소 나와 향을 피운 정갈한 상을 놓고 조선 임금이 보내는 유서를 받았다. 그리고 유씨 부인과 인형을 반겨 맞으며 부친의 산소로 인도했다. 모두 함께 제사를 올리고 난 뒤 길동은 큰 잔치를 열어 즐겼다.

그로부터 여러 날이 지난 뒤 유씨 부인이 갑작스레 병을 얻어 세상을 떠났다. 길동은 부친의 능에 유씨 부인을 합장했다. 그 뒤로 인형은 길동과 이별해 조선으로 돌아왔는데, 임금께 보고를 올리니 모친상을 당한 것을 위로했다.

율도 왕 길동은 유씨 부인을 위해 삼년상을 치렀다. 그리고 나자 생모 춘섬까지 이어 세상을 떠났다. 길동은 어머니를 선능에 편히 모시고 다시 삼년상을 마쳤다.

길동은 율도 왕이 되어 아들 셋과 딸 둘을 얻었는데, 첫째, 둘째 아들과 첫째 딸은 백 씨 소생이고, 셋째 아들과 둘째 딸은 조 씨 소생이었다. 길동은 첫째 아들인 현을 세자로 봉하고, 다른 아들들은 모두 군으로 봉했다.

* **천세(千歲)** 오래 살기를 축수하는 말.
* **하례(賀禮)** 축하하여 예를 차리는 것.
* **표문(表文)** 예전에 사용하던, 외교 문서의 하나.
* **위유사(慰諭使)** 지방에 천재지변이 있을 때, 백성을 위로하기 위해 어명으로 파견하던 임시 벼슬.
* **유서(諭書)** 관찰사, 절도사, 방어사 들이 부임할 때 임금이 내리던 명령서.
* **합장(合葬)** 여러 사람의 시체를 한 무덤에 묻는 것.
* **선능(先陵)** 조상의 능. 여기서는 홍 판서와 유씨 부인의 무덤을 가리킨다.
* **세자(世子)** 임금의 자리를 이을 아들.
* **군(君)** 왕을 제외한 나머지 왕자들을 부르는 말.

길동은 율도국을 다스린 지 삼십 년 만에 홀연 병이 들어 세상을 떠났는데, 그때 나이가 일흔두 살이었다. 왕비들도 이어 세상을 떠나, 모두 선능에 안장되었다. 그 후로 세자가 왕으로 즉위해 대를 이으니 율도국은 내내 태평성대를 누렸다.

율도국은 어디인가?

《홍길동전》에 등장하는 율도국은 과연 어디일까요? 작품 속에서 율도국은 "기름진 땅이 수천 리나 되어 실로 물산이 풍족한 나라였다."라고 묘사됩니다. 허균이 율도국의 모델로 삼은 곳이 실제 존재할까요? 만약 있다면 그곳은 어디일까요?

중국

남경 ●

대한민국

일본

오키나와

타이완

율도국은 오키나와였다?

중국 남경(南京)에서 남쪽으로 가다 보면 만나는 섬이 있는데, 타이완과 일본 열도 사이에 위치한 오키나와입니다. 오키나와의 옛 이름은 류쿠(琉球)국인데, 율도국과 발음이 비슷하지요? 《홍길동전》에 묘사된 것처럼 지리적으로도 남경으로부터 남쪽에 위치해 있습니다. 《조선왕조실록》〈연산군일기〉의 기록과는 달리 몇몇 역사서에서는 실존 인물 홍길동이 조선에서 추방당해 류쿠국으로 쫓겨났다고 주장합니다. 실제로 오키나와에서는 매년 '홍가와라(洪家王)'라는 의적을 기리는 행사가 열리는데, 홍가와라가 홍길동과 동일 인물이라는 것입니다. 홍가와라는 외부인으로 류쿠국에 들어와 기존 세력을 제압하고 새로운 지도자로 떠오른 인물인데, 이는 《홍길동전》의 내용과 일치합니다. 홍길동이 살았다고 추정되는 15세기에서 16세기까지만 해도 오키나와에 홍씨 성을 쓰는 사람이 없었다고 하니, 율도국이 류쿠국이라는 주장은 상당히 신빙성이 있어 보입니다.

홍길동은 오키나와에서 추앙받는 홍가와라?

지금도 오키나와에는 '민권 운동의 선구자 홍가와라(오야케아카하치)'를 모신 사당과 추모비가 있습니다. 조선에서 뱃길로 삼천 리나 떨어진 머나먼 일본의 최남단 섬에 홍길동을 기리는 상징물들이 왜 세워져 있는 것일까요? 1500년 12월, 하떼루마지마(파조간도)에 정착한 홍길동이 그곳에서도 조선에서처럼 민중을 대변하며 영웅적인 행적을 남겼기 때문입니다. 홍길동은 오키나와에서 집단 거주지를 마련하고 해상권을 장악한 다음, 무거운 세금으로 고통에 시달리던 원주민과 함께 지배층에 대항한 전쟁을 일으켜 승리를 거두기도 했습니다. 우리나라에서는 홍길동의 역사적 실체가 왜곡되어 왔으나, 오키나와에서는 민중의 권리를 주장한 선구자이자 민중의 제왕으로 추앙받고 있습니다. 사회 정의를 구현한 홍길동의 실천적 삶의 흔적이 머나먼 뱃길의 끝, 율도국의 역사 속에 고스란히 남아 있는 것입니다.

추모비의 내용

오야케아카하치는 홍가와라 아카하치라는 별명으로도 불렸다. 그는 군웅할거 시대에 두각을 나타내어 '민중의 제왕'으로 추앙받았다. 1486년 섬 주민들이 신앙 탄압을 당해 격분할 때 오야케아카하치는 앞장서서 정부에 반기를 들었다. 아카하치는 봉건 제도에 반항해 민중의 권리를 주장하고 섬 주민들을 위해 용감히 싸웠다. 결국 싸움에서는 지고 말았으나 그의 정신과 행동은 길이 후세에 전해질 것이다. 여기에 비석을 세워 그의 위업을 기린다.

자아실현을 위한 투쟁과 새로운 나라 세우기

◉ 허균이 정말 《홍길동전》을 지었을까

우리나라 최초의 국문 소설인 《홍길동전》은 반역죄로 처형당한 교산(蛟山) 허균(許筠, 1569~1618)의 작품입니다. 《홍길동전》은 국문학사에서 가지는 가치뿐만 아니라 사회성 강한 내용 때문에 국어 교과서에도 꾸준히 다루어지고 있습니다. 대체로 문학이 사회 현실을 얼마나 반영하고 있는지 살펴보는 단원에서 《홍길동전》의 내용을 예로 들고 있지요.

그런데 이처럼 의미 있는 《홍길동전》을 과연 허균이 지었을까요? 웬 뚱딴지같은 소리냐 하겠지만 허균이 이 작품의 저자라고 확정하기에는 몇 가지 미심쩍은 점이 있습니다.

허균이 《홍길동전》을 지었다는 유일한 기록은 이식(李植, 1584~1647)의 《택당집(澤堂集)》에서 찾을 수 있습니다. 허균보다 열다섯 살 아래인 이식은 "허균은 《홍길동전》을 지어 《수호전》에 비겼다."라고 기록했는데, 이를 근거로 연구자들은 《홍길동전》의 작자를 허균이라고 확정했습니다.

하지만 허균의 문집은 물론이고 그가 처형당하기 전 문초받은 기록 어디에도 《홍길동전》을 지었다는 단서가 없습니다. 이식이 쓴 기록 한 줄만으로 과연 허균이 《홍길동전》을 지었다고 단정할 수 있을까요?

《홍길동전》의 내용 중 길동이 집을 떠나려고 할 때 어머니에게 "옛날에 장충의 아들 장길산은 천한 태생이지만 열세 살에 어머니와 이별했습니다. 그리고 운봉산에 들어가 도를 닦은 뒤 아름다운 이름을 후세에 전했습니다."라고 말하는 대목이 있습니다. 허균은 광해군(1575~1641) 때 사람인데, 장길산은 숙종(1661~1720) 때의 도둑이지요. 이

내용만으로 본다면 허균은 자신이 죽고 나서 한참 뒤에 태어난 인물을 소설 속에 등장시킨 꼴이 됩니다. 이런 시간적 착오를 어떻게 이해해야 할까요?

여기에 《홍길동전》 작자에 대한 딜레마가 있습니다. 허균이 《홍길동전》을 짓지 않았다는 확실한 근거가 없기에 그를 작자로 규정할 수밖에 없었던 것은 어쩌면 문학사 서술에 유리한 방식일 뿐이었습니다.

허균은 반항적인 기질로 네 번이나 파직을 당했고, 서자들과 함께 '칠서(七庶)의 난'을 일으켰습니다. 승군과 무사 들을 모아 반역을 꾀했다는 점에서 그는 소설 속 주인공 홍길동과 유사한 면이 있습니다. 〈유재론(遺才論)〉과 〈호민론(豪民論)〉 등 허균의 글을 보면 《홍길동전》의 핵심 사상과 일치하기도 합니다.

허균은 〈유재론〉에 인재를 고루 써야 한다는 주장을 주로 담았는데 "동서고금에 첩이 낳은 아들이라고 해서 어진 사람을 버리고, 어미가 두 번 시집갔다고 해서 그 아들의 재주를 쓰지 않는다는 말을 듣지 못했다. 우리나라만이 천한 어미를 가진 자손이나 두 번 시집간 자의 자손을 벼슬길에 끼지 못하게 한다."라고 한탄했습니다.

또 〈호민론〉에서 허균은 "천하에 두려운 것은 오직 백성뿐"이라고 밝히며 '호민(豪民)'에 대해 정의했는데 그 형상이 홍길동과 유사해 주목을 끕니다.

> 고깃간에 자취를 숨기고 남모르게 딴마음을 쌓아서 천지간을 살펴보다가 혹시 사고라도 있으면 원했던 바를 부리고자 하는 자는 호민이다. 대저 호민은 크게 두렵다. 호민이 나라의 어지러운 틈을 엿보다가 기회를 노려 밭두렁 위에서 팔을 떨치고 한 번 소리 지르면, 저 원민(怨民, 원망만 하는 사람)들은 소리만 듣고도 모이며 굳이 의논하지 않아도 같이 외치게 된다. 또한 항민(恒民, 순종하는 사람)들도 살고자 하여 호미와 고무래와 창 자루를 들고 따라가서 무도한 자를 죽이게 된다.

이 글은 허균이 살았던 광해군 때 지어졌으리라고 믿어지지 않을 정도로 급진적입니다. 먼저 각성한 혁명가에 의해 혁명이 가능하다고 하는 '민중 혁명론'과 닮아 있지요. 단재(丹齋) 신채호(申采浩, 1880~1936)가 1923년에 의열단을 위해 지은 〈조선혁명선언〉의 논리와도 유사합니다.

이를 통해 짐작건대 현재 우리가 보는 것과는 다른 《홍길동전》의 원본이 따로 있었을 가능성이 있습니다. 즉 허균이 지었다는 《홍길동전》의 '모본(母本)'이 널리 읽히면서 여러 사람에 의해 내용이 첨가되어 지금의 《홍길동전》의 모습을 갖추었다고 보는 것이 합리적입니다.

허균의 행적과 사상이 소설 속 내용과 유사하기 때문에 모본이 있었더라도 《홍길동전》의 기본 골격과 크게 다르지 않으리라 추측할 수 있습니다. 다만 모본이 실제로 존재했는지 여부가 밝혀져야만 《홍길동전》을 둘러싼 의문이 제대로 해결될 수 있을 것입니다.

● 홍길동은 실존 인물인가

홍길동은 실존 인물일까요? 아니면 허구의 인물일까요? 홍길동은 실존 인물이 분명합니다. 그는 연산군 때 사람으로, 인륜을 어긴 죄를 짓고 가출해 도둑이 됐습니다. 그는 문경 새재에 소굴을 마련하고 당상관의 복색을 갖춰 입고 관가에 출현해 지방 관아를 어지럽혔다 합니다.

연산군 6년(1500) 10월 22일 《연산군일기》를 보면 영의정 한치형, 좌의정 성준, 우의정 이극균이 "들건대 강도 홍길동을 잡았다 하니 기쁨을 견딜 수 없습니다. 백성을 위해 해독을 제거하는 일 중 이보다 큰 것이 없으니, 청컨대 그 무리를 다 잡도록 하소서." 하며 연산군과 함께 홍길동을 체포한 것을 축하합니다. 게다가 같은 해 12월 29일 일기에는 "강도 홍길동이 옥정자와 홍대 차림으로 첨지라 자칭하며 대낮에 떼를 지어 무기를 가지고 관부에 드나들면서 기탄없는 행동을 자행했다."라는 기록도 있습니다.

이처럼 실존 인물 홍길동의 행적은《홍길동전》의 내용과 비슷한 점이 많습니다. 아마도 허균은 실제 홍길동의 행적에 관심을 갖고 의적의 세계를 담아《홍길동전》을 지었으리라 봅니다. 비록 실존 인물 홍길동은 의적이 아니었지만 허균은 그를 소설 속에서 의적으로 형상화한 것이지요.

실제로 16세기는 조선 사회를 지탱하던 봉건제의 모순이 표면화되면서 홍길동뿐만 아니라 임꺽정, 순석 등 군도(群盜)가 빈번히 출현한 '민란의 시대'였습니다. 이 군도는 "모이면 도적이 되고 흩어지면 백성이 된다."라고《조선왕조실록》에 기록될 정도로 피폐한 백성의 무리였습니다.

가혹한 세금 수탈에 시달려 농토로부터 도망한 유민의 무리이자 먹고살 것이 없어 할 수 없이 도적이 된 사람들이었지요. 그러기에 이들의 행위는 단순한 도적질이 아닌 '농민 저항'의 성격을 띱니다.

《홍길동전》의 역사적 의미도 여기에 있습니다. 홍길동이 벌이는 활빈당 활동을 통해 당시 사회의 농민 저항이 형상화된 것입니다. 길동이 해인사를 털고 나서 하는 말을 살펴보면 '의적'과 다르지 않은데, 이들이 바로 중세 봉건 시대 탐관오리를 공포에 떨게 한 농민 저항 세력입니다.

> 길동은 자기 무리를 '활빈당'이라 부르며 조선 팔도를 다녔다. 각 읍 수령이 의롭지 못하게 모은 재물이 있으면 빼앗고, 매우 가난하고 의지할 데 없는 사람이 있으면 구제했다. 백성의 재물은 조금도 침범하지 않고, 나라의 재산은 추호도 손을 대지 않아 모든 부하가 그의 뜻을 기꺼이 따랐다.

중세 봉건 시대에 활약한 의적의 이야기는 우리나라 외에 다른 나라에도 있습니다. 중국《수호전》에 등장하는 송강이 거느린 108명의 도둑, 영국 노팅엄 주 셔우드 숲 속의 로빈 후드, 멕시코의 조로, 러시아 볼가 강의 스텐카 라진 등은 하나같이 불의한 재물을 탈취하고 가난한 농민을 도와주며 탐관오리를 공격한 의적들이지요. 비록 현행법상 범법자로 몰려 도망을 다녔지만 백성들로부터는 자신을 구원해 주는 영웅으로 대접받았습니다.

하지만 중세 봉건 시대이니만큼 의적들의 한계가 분명히 존재합니다. 그중 하나가 봉건 정부나 왕에 대해 적대적인 태도를 취하지 않는다는 점이지요.

홍길동도 나라의 재산에는 추호도 손을 대지 않았다고 강변하며 병조 판서의 벼슬도 받습니다. 이들이 적으로 삼는 것은 탐관오리일 뿐이며 왕을 비롯한 봉건 체제를 유지하는 테두리 내에서 투쟁을 벌여 나갑니다. 왕도 정치의 실현을 어디까지나 이상으로 삼고 있는 셈이지요. 의적 또한 자신이 몸담고 있는 사회의 보편적인 가치의 범위 내에서 존재하는 모습을 보여 주는데, 당시의 상황에서 이를 뛰어넘기란 어려운 일이었을 것입니다.

그러기에 우리는 홍길동에게 체 게바라(Che Guevara, 1928~1967) 같은 혁명가의 이미지를 덧씌우면 안 됩니다. 《홍길동전》에서 홍길동은 어디까지나 중세의 의적으로 그칩니다. 활빈당 행수로서의 홍길동은 오히려 전체의 한 부분에 지나지 않습니다.

● 자아실현, 그 멀고도 험난한 길

일반적으로 《홍길동전》의 내용은 세 부분으로 나눌 수 있습니다. 첫째 부분은 가정 내에서의 적서 차별을 다루고, 둘째 부분은 봉건 수탈에 대항하는 활빈당 활동을 담고 있습니다. 셋째 부분은 이상국 건설을 그 내용으로 하고 있지요.

하지만 이 내용들을 모두 아우르는 공통적인 문제의식이자 주제는 바로 '자아실현'입니다. 서자로 태어나 벼슬을 할 수 없는 길동의 한(恨)이 《홍길동전》을 관통하며 그를 활빈당 행수로, 병조 판서로 나아가게 했으며, 결국 율도 왕의 자리에까지 오르게 합니다.

대장부가 세상에 나서 공자, 맹자를 본받지 못한다면 차라리 병법을 익히는 게 낫지 않겠는가. 대장인을 허리춤에 비껴 차고 동서를 정벌하여 나라에 큰 공을 세우고 이름을 만대에 빛내는 것이 대장부의 통쾌한 일이리라. 이내 한 몸이 어찌하여 이토록 쓸쓸한가. 아버지와 형님이 계시는데도 아버지를 아버지라 부르지 못하고, 형을 형이라 부르지 못하니 심장이 터질 지경이구나. 어찌 원통하지 않겠는가?

이처럼 길동은 어린 시절부터 이미 서자로 태어나 벼슬길이 막힌 것을 통탄해 합니다. 과거 외에는 자신의 이름을 날리고 출세할 길이 없었던 시대 상황에서 길동은 자신의 존재를 드러낼 아무런 방법도 찾지 못합니다. 비록 아버지 홍 판서가 호부 호형을 허락했지만 이는 사회적 공인을 받는 것과는 별개의 문제였습니다.

홍길동이 가출을 결행한 결정적인 이유는 자객인 특재와 관상녀를 죽였기 때문입니다. 집안에서 불의한 사람들을 보고 살인을 참지 못했기에 범법자가 되어 망명길에 나선 것이지요. 이제 길동의 앞에는 《수호전》의 영웅들이 그렇듯이 도적이 되는 것 외에는 길이 없습니다.

도적 굴은 범법자들에게는 일종의 해방구였습니다. 거기에는 세상의 법률이 미치지 않는 그들만의 규약이 있었습니다. 백성을 수탈하는 탐관오리와 불의한 사람들을 꾸짖어 다스리고 가난한 사람들을 도와주는 의적으로서의 명분이 바로 그것이었지요. 그래서 어느 정도 세력을 갖춘 의적들은 자기들만의 명명식을 거행합니다. 《홍길동전》에서도 무리의 이름을 가난한 사람들을 살린다는 뜻의 '활빈당'으로 짓고 행동 규약을 정하는 장면이 등장합니다.

그런데 홍길동은 활빈당 행수로서의 역할을 계속 수행해 나가지 않고 병조 판서가 되고자 합니다. 도둑들을 이끌고 봉건 정부에 대항하는 자리에서 국가의 병권을 휘두르는 정반대의 위치로 가고 싶어 한 것입니다. 정부가 신출귀몰한 자신을 잡지 못하자 "소신 홍길동은 무슨 수를 쓴다 해도 절대 잡히지 않을 것이나, 다만 병조 판서 벼슬을 내리신다면 순순히 잡히겠습니다."라는 방을 써 붙여 엄청난 제안을 합니다.

어린 시절부터 문관이나 무관으로 나가 벼슬하고자 했지만 서자이기에 그 길이 막힌 홍길동에게 활빈당 행수의 역할은 어쩔 수 없는 선택이었지 본래 의도한 바는 아니었음을 읽을 수 있습니다.

《홍길동전》에서뿐만 아니라 의협심 강한 선비가 군도의 우두머리가 되었다가 다시 자신의 위치로 돌아오는 조선 후기의 여러 '군도담'에서 이런 이야기를 흔하게 만날 수 있습니다. 홍길동의 바람은 오직 서자의 한을 풀고 벼슬길로 나아가 자신의 이름을 빛내는 것이었습니다.

홍길동의 이런 생각은 조선을 떠나며 임금에게 자신의 처지를 설명하는 대목에서 분명히 드러납니다.

> 신이 전하를 받들어 오랜 세월을 모실까 했으나 제가 천한 종의 몸에서 태어났기에 벼슬길이 막혀 있었습니다. 문과로는 홍문관이나 예문관, 무과로는 선전관에조차 나아갈 수 없었지요. 전하께 이런 연유를 알리고자 제멋대로 다니면서 사방의 관가에 폐를 끼치고 조정에 죄를 지었습니다.

서자로서의 한이 활빈당 행수로 활약하게 했고, 벼슬하고자 하는 소원이 결국 병조판서까지 나아가게 한 것입니다. 홍길동이 개인적인 출세에만 집착한 것이 아니냐는 의문이 들지도 모르지만 곰곰이 생각해 보면 홍길동의 처지를 충분히 이해할 수 있습니다.

요즘처럼 자아실현의 길이 다양하지 않은 사회에서 오직 과거를 통해서만 자신의 존재를 증명할 수 있는데, 그 길이 원천적으로 막혀 있으니 답답함이 오죽했을까요? 마치 원하는 대학에 가려고 공부를 열심히 했는데도 아예 응시 자격이 주어지지 않는 경우와 마찬가지일 것입니다. 이는 개인의 욕심 문제에서 그치지 않았으며 홍길동은 수많은 서자의 한을 대변했다고 볼 수 있습니다.

그렇다면 홍길동이 원하는 병조 판서 자리에 오른 뒤 이야기 속의 모든 문제가 해결됐을까요? 그렇지 않습니다. 애초에 병조 판서 자리를 내준 것은 홍길동을 잡아 죽이기 위해서였습니다. 그래서 길동은 "소신의 죄악이 더없이 무거운데, 도리어 전하의 은혜를 입어 평생 한을 풀고 돌아가옵니다. 이제 전하와 영원히 작별하오니, 엎드려 바라건대 부디 만수무강하소서."라고 직책을 수행할 뜻이 없음을 밝힙니다.

병조 판서 자리를 받는 것은 일종의 한풀이였기에 상징적인 의미만 있는 것이지, 길동이 그 직책을 지속적으로 수행하고자 했던 것은 아닙니다. 당시 사회 상황을 따져 보더라도 누가 서자이자 도둑 대장이었던 사람의 명령을 따르겠습니까?

그래서 홍길동은 진정한 자아실현을 위해 서자라는 신분이 따라다니지 않는 조선이라는 테두리를 벗어납니다. 서자라는 신분도, 도둑의 대장이었다는 전력도 필요 없는 율도국은 홍길동에게는 새로운 이상향, 곧 신대륙이나 다름없었습니다. 율도국에 모인 자들은 자신들만의 유토피아를 건설한 것이지요.

하지만 이상향으로 설정된 율도국마저도 새로운 정치 형태를 보여 주지는 못합니다. 조선과 다름없는 왕도 정치를 실현하는 공간으로 존재하지요. "길동이 왕이 되어 율도국을 다스린 지 삼 년 만에 산에는 도적이 사라지고, 길에는 떨어진 물건을 주워 가는 이가 없어지니, 이른바 태평세계라 할 만했다."에서 알 수 있듯이, 율도국도 봉건적 테두리를 벗어나지 못한 한계를 지니고 있음이 분명합니다.

홍길동은 자아를 실현하기 위해 험난한 과정을 겪으면서 서자에서 활빈당 행수로, 또 병조 판서로, 그리고 마지막에는 율도 왕으로, 자신을 최고의 지위까지 올려놓았습니다. 어느 누가 그를 개인적이라거나 이기적이라고 비난할 수 있겠습니까?

● 홍길동, 그 빛나는 이름

오늘날 홍길동은 도둑 대장이나 병조 판서, 율도 왕으로서가 아니라 우리 주변에 흔히 볼 수 있는 인물로 남았습니다. 관공서나 학교에 가 보면 공문 양식이나 입학 서식에 예로 든 이름이 모두 '홍길동'입니다.

우리 사회에서 홍길동은 어느덧 고유 명사가 아니라 보통 명사가 되어 버렸습니다. 구한말 일제의 침탈에 항거하며 무력 투쟁을 했던 무장 단체 중에서도 '활빈당'이라는 이름을 찾아볼 수 있습니다.

이처럼 역사의 고비마다, 또는 우리에게 친숙한 이름으로 홍길동의 흔적은 살아 있습니다. 화적패의 두령에 불과했던 인물이 어째서 중세를 뛰어넘어 현대의 한복판에 빛나는 이름으로 살아 있는 것일까요? 그건 우리에게 아직 정의에 대한 꿈이 존재하기 때문일 것입니다.

《의적의 사회사》를 쓴 에릭 홉스봄은 이렇게 말합니다.

> 의적들을 싸고 있는 지방적·사회적 틀을 벗기면 거기에는 무엇인가가 여전히 남아 있다. 자유, 영웅적 행위, 그리고 정의의 꿈이 존재하는 것이다.

홍길동처럼 차별받는다면?

● 홍길동은 자신을 해치려던 자객 특재를 죽이고 무녀까지 처형한 다음 과감하게 집을 떠납니다. 길동이 집을 떠나게 된 그 직접적인 계기와 근본적인 원인을 구별해서 이야기해 봅시다.

● 홍길동은 아버지인 홍 판서 앞에서 자신을 '소인'이라고 칭하다가 어느 순간에 '소자'라고 바꾸어 부릅니다. 어느 순간부터 표현을 바꾸었는지, 소인과 소자의 차이는 무엇인지 이야기해 봅시다.

● 홍길동의 어머니는 홍 판서 집 여종으로 있던 '춘섬'이란 여자입니다. 홍길동도 어머니의 신분을 따라 천한 신분으로 태어났는데, 양반집에서는 이런 아이들을 '서자' 혹은 '얼자'라 불렀습니다. 조선 시대에 서자나 얼자는 개인의 능력과는 상관없이 벼슬자리에 오를 수 없기 때문에 심각한 사회 문제를 일으켰습니다. 그 근거가 되는 법이 '노비종모법(奴婢從母法)'이었는데 《홍길동전》의 작자인 허균도 〈유재론(遺才論)〉이라는 글에서 이 법의 문제를 제기했습니다. 조선 시대에는 왜 적서를 차별하는 법을 만들었는지 살펴보고, 그 폐해는 무엇이었는지 조사해 봅시다.

● 홍길동은 집을 나가 도적의 대장이 된 뒤 무리의 이름을 '가난한 사람을 살리는 당'이라는 뜻의 '활빈당(活貧黨)'이라고 짓습니다. 그리고 의적으로서 활약을 벌입니다. 홍길동이 작품 속에서 행한 구체적인 의적 활동은 무엇이었는지 짚어 봅시다. 그리고 홍길동이 탐관오리를 벌하면서도 병조 판서 벼슬을 받고, 권력의 맨 꼭대기에 있는 왕과 절대로 싸우지 않는 이유에 대해 이야기해 봅시다.

● 의적은 세계 곳곳에 존재했습니다. 이들은 각기 다른 지역에서 다른 활동들을 펼쳤지만 공통적인 역할과 가치를 지니고 있었지요. 영화나 소설 속에 등장하는 의적을 조사해 보고 이들이 펼치는 이야기의 공통점과 차이점을 이야기해 봅시다.

● 허균은 《홍길동전》을 지어 《수호전》에 비겼다고 평가받습니다. 《수호전》은 송강과 108명의 의적들이 등장하는 중국의 소설이지요. 허균은 어떤 의도를 가지고 《수호전》에 버금가는 내용으로 《홍길동전》을 그려 냈는지 이야기해 봅시다.

● 홍길동, 임꺽정, 장길산은 한국의 3대 도둑으로 꼽힙니다. 연산군 때의 홍길동은 17세기 광해군 때 허균에 의해, 명종 때의 도둑 임꺽정은 1930년대 홍명희에 의해, 숙종 때의 도둑 장길산은 1980년대 황석영에 의해 각각 역사 소설로 탄생했습니다. 실재 인물들과 소설 속 주인공의 행보가 어떻게 다른지 조사해 보고, 그 속에 숨은 작가의 의도가 무엇이었을지 이야기해 봅시다.

● 이상향으로 설정된 율도국은 어떤 나라였을까요. 소설 속에서는 새로운 나라라고 하지만 왕이 다스리는 조선과 크게 다를 것이 없고 "산에는 도적이 없고, 땅에 물건이 떨어져 있어도 함부로 줍지 않는다."라고 그려졌을 뿐입니다. 《홍길동전》에서 이상 사회의 형태가 구체적으로 제시되지 않은 이유가 무엇인지 생각해 보고, 만약 여러분이 이상국을 건설한다면 어떤 형태로 만들지도 이야기해 봅시다.

참고 문헌

김일렬, 《홍길동전》, 고려대학교민족문화연구소, 1996.

박홍규, 《의적, 정의를 훔치다》, 돌베개, 2005.

신동욱, 《허균의 문학과 혁신사상》, 새문사, 1981.

이이화, 《허균》, 한길사, 1997.

이이화, 《허균의 생각》, 뿌리깊은나무, 1980.

이익성, 《허균문선》, 을유문화사, 1974.

허경진, 《허균평전》, 돌베개, 2002.

허균, 《허균 전집》, 성균관대학교 대동문화연구원, 1975.

국어시간에 고전읽기 3

홍길동전, 아버지라 부르지 못하고 형이라 부르지 못하니

1판 1쇄 발행일 2014년 6월 23일
1판 11쇄 발행일 2024년 9월 2일

기획 전국국어교사모임
지은이 권순긍
그린이 김선배

발행인 김학원
발행처 (주)휴머니스트출판그룹
출판등록 제313-2007-000007호(2007년 1월 5일)
주소 (03991) 서울시 마포구 동교로23길 76(연남동)
전화 02-335-4422 **팩스** 02-334-3427
저자·독자 서비스 humanist@humanistbooks.com
홈페이지 www.humanistbooks.com
유튜브 youtube.com/user/humanistma **포스트** post.naver.com/hmcv
페이스북 facebook.com/hmcv2001 **인스타그램** @humanist_insta

편집책임 문성환 **편집** 윤무재 **디자인** 김태형 유주현 림어소시에이션
스캔·출력 이희수 com. **용지** 화인페이퍼 **인쇄** 청아디앤피 **제본** 민성사

ⓒ 권순긍·김선배, 2014

ISBN 978-89-5862-708-1 44810